光文社文庫

二十面相 暁に死す

辻　真先

光　文　社

二十面相　暁に死す　目次

或る日の少年探偵団

読者のみなさんは、羽柴壮二《はしばそうじ》少年の名を覚えていますか。

そうです、小林芳雄《こばやしよしお》くんを団長とする少年探偵団の記念すべき団員第一号が、彼でした。家は麻布箪笥町《あざぶたんすまち》なので、小林くんが暮らしている龍土町《りゅうどちょう》の明智《あけち》探偵事務所から、歩いても大して時間はかかりません。もっとも羽柴くん本人は戦争が激しくなると、お姉さんの早苗《さなえ》さんといっしょに、東北の福島へ縁故疎開していました。ですから羽柴くんが小林団長のいる探偵事務所を久しぶりに訪ねたのは、戦後最初のお正月もとうに過ぎ、三月の春休みにはいった時分でした。

早苗さんにいいつかった羽柴くんが、田舎でつくった干し柿をたっぷり持ってきたので、甘いものに飢えている小林くんはもちろん、明智先生までニコニコ顔でかぶりついたものです。

お父さんの羽柴壮太郎《そうたろう》氏は、戦後まだ一度も先生と会う機会がありません。ロマノフ王家のダイヤモンドや観世音像《かんぜおん》が二十面相に狙われた事件では何度か会っていましたが、やがて戦争が激しくなると、明智探偵は暗号解読と作成のため軍の召集をうけ、長い間東京に帰れなくなっていたのです。

明智夫人の文代《ふみよ》さんは体を悪くして、軽井沢《かるいざわ》のサナトリュウムに入所したため、そのころは探偵事務所は小林くんひとりが守っていました。

そんな寂しい事務所でしたが、度重なる米軍の空爆にも持ちこたえました。家の屋根を破って黄燐焼夷弾《おうりんしょういだん》が落ちたときも、お隣の矢島《やじま》さん夫婦と力を合わせて、小林くんはみごと炎を消し止めました。さいわい明智家は半焼にとどまり、先生が無事に復員してからは、山梨の生家に帰った矢島さんの家を買い足して、まずまずの事務所と住まいに建て増すことができたのです。

干し柿の甘さに顔を綻《ほころ》ばせた小林くんが、そんな話をして聞かせると、羽柴くんは改めてもと明智先生の書斎を見回しました。いまではこの部屋が、小林芳雄団長の根城というわけです。

疎開していた羽柴くんは、実際の空襲に遭ったことがありません。

「凄《すご》いな。じゃあこの壁の向こうは焼跡なんだ」

ベニヤ板の壁をコンコンと叩《たた》いたので、小林くんはあわてました。

「ダメだよ。少し揺らしただけで、隙間風がはいってくる」

大工さんも左官屋さんも、みんな戦争にとられてしまったので、壁を張ったのはなんと小林くん本人だったのです。

昼下がりの風が窓を揺すって通りすぎます。

干し柿をふたつペロリと平らげたところへ中村《なかむら》警部から電話がかかり、明智先生は警視庁へ出かけてゆきました。残ったふたりの少年は、行火《あんか》の櫓《やぐら》に布団をかけた炬燵《こたつ》を囲んでおしゃべりしています。

「ほら。干し柿をいれたこの菓子器はぼくが作ったんだぜ」

炬燵板に載っているのは、漆黒の花が開いたようないれものでした。陶器にしては軽すぎるし、外側にも内側にも一面規則正しい溝が刻まれています。

「えっ、これが団長の手作りなの？」

干し柿の最後のひとつを取った小林くんは笑いました。

「空っぽになったからわかるだろう。底に小さな穴が開いてる……もとレコードなんだ」

「ええっ」

羽柴くんは驚きました。

「レコードって、あの丸くて平べったい？」

いわれてみると、確かにレコードの面影があります。底の穴の周りには、赤いラベルが残っていて、文字を拾い読みできました。

「赤い……靴……」

「野口雨情《のぐちうじょう》の名も読めるだろう」

「ああ、知ってる知ってる。あの童謡だね」

どちらからともなく少年たちは声を揃《そろ》えました。

　　赤い靴　はいてた　女の子
　　異人さんに　つれられて　いっちゃった……

ふうっと羽柴くんが白い息を吐きだしました。

「懐かしいなあ」

戦争中は童謡どころではなかったし、まして『赤い靴』『青い眼の人形』みたいな欧米を憧れるような歌は、口ずさむこともできませんでした。高峰秀子《たかみねひでこ》が歌った可愛《かわい》いリズムの『森の水車』が、敵性音楽という理由で発売禁止にされたくらいです。

「近くのレコード屋さんが被災したんだ。焼け残ったなん枚かを拾ってきた。知ってる？レコードは熱に弱いから熱いお湯に浸《つ》けると、いろんな形に曲げられるんだよ」

それで小林くんは菓子器をこしらえたそうです。少年はまだいろんな工夫を凝《こ》らしていました。

「あそこに冷蔵庫があるだろう？」

土間の片隅に、掛け金が上下の扉についた腰までの高さの、頑丈な木製の箱が据えられています。もちろん電気の冷蔵庫ではありません。下段に収納した食品を、上の棚の氷で冷やす仕組みでした。

「冬は冷蔵庫がいらないから、温蔵庫にしてるんだ」

ヒョイと立っていった小林くんが、下段の扉を開けて見せるとボーッと光が溢《あふ》れ出て、羽柴くんの目を丸くさせました。

「電球？」

三十ワットの電球が光っていました。

「そして上の段には……」

開けるとお昼に食べたサツマイモがホンの少しお皿に残っています。

「電球のおかげで、ホラ……まだ温かいや」

小林くんはニコニコと笑いました。

「冷たい空気は下に、暖かい空気は上にゆくから、冷蔵庫とはあべこべに電球を下段に仕込んだんだ」

また風が窓を揺すりました。春とはいいながら、東京の町はまだ冬の寒さが残っているようです。

去年から今年にかけて、大勢の人が凍《こご》えたり飢えたりして亡くなっています。物資の大半を戦争につぎ込み、負けた日本はすっからかんでしたから。東京・大阪・名古屋など大都市だけではなく、地方の人口十万クラスの町まで空襲をうけ、いたるところが焼け野原です。

着るものも食べるものも住む家もなく、誰もが今日を生きるのに精一杯という、そんな時代でしたが、小林くんは決して元気をなくしていません。

「生き残ったぼくらがメソメソしたら、死んだ人たちに申し訳ないだろう。だから知恵をしぼって、少しでも上手《じょうず》に生きてゆくんだ。今ぼくは、電気パン焼器を作ろうと工夫しているんだぜ」

「ふうん」

小林団長のエネルギーに、羽柴くんは感心するばかりです。

「石炭事情が悪くて鉄道は大混雑だろう？　もともと石油は日本になかったから自動車もろくに走れない。でも日本の水力発電所は山奥にあって、戦争では大した被害をうけなかったんだ。軍需工場がなくなり大口消費が減ったから、電気だけはたっぷり使えるエネルギーなんだよ……明智先生の受け売りだけど」

「それにしては停電が多いよ」

「戦争で電線も電柱も変電所もガタガタだものね。でも大本の発電所はあるんだから少しずつよくなってゆく。……そう先生は仰《おつしや》っていた。いつ焼けるかいつ死ぬか、ビクビクしていた戦時中を思えば、今の方がずっとましさ！」

意気盛んな団長を見つめて、羽柴くんもだんだんとその気になってきたようです。

疎開先の福島から帰ってみれば、麻布箪笥町の家はコンクリートの塀だけ残して丸焼けで、犬小屋みたいに小さな家で暮らすことになり、先日は学校へやってきた進駐軍の兵士たちに、頭から真っ白な粉を浴びせられて仰天したばかりでしたが、その話を聞いた小林くんは、大声で笑いました。

「ＤＤＴをかけられたんだね。ぼくは公立の中学だけど、羽柴くんは私立の小中一貫校で小さい子供が多いから、消毒の順番が早かったんだ」

そのとき柱時計が、遠慮がちな音でボーン、ボーンと二時の鐘を鳴らしました。

「あっ、いけない」

小林くんがちょっとあわててました。

実は今日は町に出て、ふたりで映画を見る予定だったのです。

「上映時間を調べてあるんだ。そろそろ出かけよう。きみ、『東京五人男』が見たいといってたね」

有名な喜劇俳優の古川《ふるかわ》ロッパや、エンタツ・アチャコのコンビが出ています。

「でもあれは正月映画だったよ」

「二番館の赤羽橋《あかばねばし》映劇なら、ちょうどやってる」

焦げ茶色のがま口を見せました。

「映画を見るといったら、明智先生がお小遣いをくだすったんだ。さあ行こう」

火の用心をして戸締まりをすませて、少年たちは外へ出ました。

このあたりが被災して一年とたっていません。コンクリートの残骸や蔵がところどころに残った焼跡を歩いてゆくと、壊れた土塀の足元にタンポポの花が咲いていました。あたり一面赤茶けた中で、黄色と緑色は目に染みるような鮮やかさです。

人間の世界は負けた焼けたの騒ぎでも、春がめぐれば花はちゃんと咲くんだな。

そんなことを考えながら材木町《ざいもくちょう》の電停に着くと、ちょうど新橋《しんばし》方面へ発車した後です。長い斜面の谷底にある霞町《かすみちょう》をふり返っても次の都電はきていません。進駐軍のジープが我が物顔に走ってゆくだけです。

「どうせすぐ乗り換えるんだ。歩いてゆこう」

風は強くて冷たいけれど、薄曇りで雨の心配はなさそうです。芋腹なのに元気な小林少年でした。

次の六本木《ろっぽんぎ》交差点では、運良く四谷《よつや》方面からきた都電にすぐ乗れました。

「三年前にできた2000形だよ。金属が足りないから車体は木造なんだ」

鉄道好きな小林くんが解説してくれます。平日の昼間でも混雑した車内ですが、慣れっこの少年たちは平気です。右手に建ち並ぶ進駐軍の兵舎を眺めながら、飯倉《いいくら》一丁目で下車しました。ホンの少しもどると飯倉片町《かたまち》の十字路があります。赤羽橋へ出るにはまた乗り換えねばなりません。

「面倒だなあ、歩いちゃえ」

テクテク下り坂を歩きだした小林くんが、ヒョイと今きた十字路をふり返りました。

「明智先生の話ではこの交差点は二重になった双曲線で……ぼくもよくわからないけど、パラボロイド曲線というんだって」

「パラボロ……？」

「ホラ、六本木から下りた道路がすぐ芝《しば》方面に上るだろう。その谷底が、神谷町《かみやちょう》から上って赤羽橋へ下りるてっぺんと交叉《こうさ》している。幾何学的に特徴のある地形が、周囲の焼けた今だからひと目でわかるんだ。復興が進めば目につかなくなる。観察するなら今の内なんだって」

説明する小林くんもよくわかっていませんから、聞く羽柴くんだってチンプンカンプンです。わかるのはこのあたりが芝区と麻布区の境目ということぐらい。あ、ひとつ思い出しました。いつかお父さんに教えてもらったそうです。

「この地形を山歩きでは鞍部《あんぶ》というんだ。大学の登山部で覚えたって」

これは小林くんも初耳です。そういわれてみれば、馬の鞍《くら》みたいな形をしています。

「なるほど！　もし飯倉にキングコングがやってきたら、腰を下ろすのにピッタリだって喜ぶだろうね」

「でも……」

羽柴くんが遠くを見るような目つきになりました。

「こんな焼跡にビルが建つ時代なんて、くるのかなあ」

そんなことを呟《つぶや》くと、小林団長にドンと背中をどやされました。

「もちろんくるさ。日本をバカにしちゃいけないよ。大人ができなければ、ぼくらがそんな時代をつくるんだ！」

二十面相羽柴家に現る

赤羽橋映劇は超満員でした。増上寺《ぞうじょうじ》に隣接した焼け残りの小屋だから、少しはマシだろうと思ったのに、すっかり当てが外れました。

椅子に座る贅沢《ぜいたく》なんか望みませんが、スクリーンの上半分を見るのがやっとの有り様には閉口です。客は大人が多いので、少年ふたりがいくら背伸びしても、銀幕の下半分が視界に入りません。

アチャコが都電の運転士でエンタツが車掌という役回りでしたが、映画の中も満員電車でしたから、よろけた客が天井近くを走るヒモを摑《つか》みます。車掌が運転士に合図を送るヒモだったので、客が摑む度に運転席でチンチンとベルが鳴り、あわてたアチャコがブレーキをかける。エンタツは知らん顔。その繰り返しが可笑《おか》しくて、小屋の客は大笑いでした。

「あそこはぼくも笑ったなあ」

帰り道で羽柴くんがいえば、小林くんはぶすっとしています。

「前のおじさんの帽子で全然見えなかった」

みちみち感想を交換した少年たちは、ようやく映画の全体がわかってきました。

このころの日本で娯楽の王座といえば、映画と相場が決まっていました。戦争中禁止されていたパチンコはこの年復活していますが、店の数が少なく古めかしい台のため、人気はまだありません。だからどこの映画館も、客は缶詰のイワシみたいに押し込まれていました。

「渋谷《しぶや》駅の斜め向かいに、渋谷松竹《しょうちく》ができたんだ。椅子がなくて木のベンチだった。みんなそのベンチの上に立って、前の客の頭越しに映画を見てるのさ。バリバリメキメキという音があがって、びっくりした。客の重みでベンチが潰《つぶ》れてゆくんだもの」

映画を見るのも命がけだと、小林くんは笑いました。

「それを思えば、今日なんてガラガラの部類だよ」

ふたりが揃って褒《ほ》めたのは、台風のクライマックスです。ロッパと子役の小高《おだか》ツトムがバラックに住む親子を演じましたが、洪水で家が浮き上がっても平気で、窓から板を突き出しボートみたいに漕《こ》いでゆく場面は、観客みんなが拍手喝采でした。

「あの洪水は『ハワイ・マレー沖海戦』の戦争シーンを撮った、円谷英二《つぶらやえいじ》って人の特撮らしいよ」

「へーっ。そうなんだ！」

小林くんの物知りぶりに感心しているうちに、麻布箪笥町の広壮な羽柴家に到着しました。敷地の一辺が百メートルはありそうなお屋敷で、周囲は高さ四メートルあまりのコンクリートの塀に囲まれています。

でも母屋は全焼したので、今はちんまりした家が建っているだけです。

玄関前に葉を繁《しげ》らせていた蘇鉄《そてつ》も焼けてしまい、ガランとした前庭で近藤《こんどう》さんが竹箒《たけぼうき》を使っていました。戦前から羽柴家の支配人を務めているお年寄りです。

その近藤さんが門をくぐった小林くんを見て、目をパチパチさせました。

「オヤ、なにか忘れ物でしたかな」

どういう意味なのかよくわかりません。

「忘れ物ってなんだい。団長は今日はじめてきたんだよ」

羽柴くんにそういわれた近藤さんは、ギョッとして足元に竹箒を落とし、玄関の中へ向かって大声をあげました。

「旦那さま！　旦那さま！」

焼ける前のお屋敷なら声は届かなかったでしょうが、今は違います。すぐ羽柴くんのお父さんが顔を出しました。

「なにを騒いでいるんだ……オヤッ、小林くんじゃないか。明智先生はどうしたんだね」

どうも話が嚙《か》み合いません。

応接室に通された小林くんは、ふしぎそうに尋ねました。

「今日ぼくがお訪ねするのは、二度目なんですか？」

「そうだ……だがきみははじめてというんだね」

「はい。お目にかかるのもはじめてです」

「だって小林団長は、さっきまでぼくと映画を見ていたんだよ」

「すると……すると……」

なぜか羽柴壮太郎氏は顔色を変えて、小林くんに嚙みつくような口調でいうのでした。

「すると明智先生は、今日はどこへ行かれた！」

剣幕に驚きながら答えました。

「中村警部に呼ばれて警視庁へ出かけました」

「それはいつごろかね」

「ぼくたちとお昼を食べた後、すぐにです」

「フーム……」

壮太郎氏はすっかり元気をなくしてしまいました。

なにがあったかわからないので少年たちがおろおろしていると、その場にいた近藤老人がやはり元気のない声で、説明してくれたのです。

「午後二時ごろでございました……旦那さまはおいでかと、明智小五郎《こごろう》先生からお電話を頂戴しまして……その後すぐに、明智探偵と助手の小林芳雄くんが、当家を訪ねていらしたのです」

「エッ。あの、ぼくがですか！」

小林くんは目を丸くしています。

「さようでございます。小林芳雄さん、あなたがその詰襟の学生服を着て、明智先生のお供でおいでになりました」

「違う点といえば鳥打ち帽をかぶっていたことくらいかな」

壮太郎氏がつけくわえても、当の小林くんはまだポカンとしています。確かに鳥打ち帽は少年が好きで、しばしばかぶって外出していましたから。

「なんの用件かと思ったら、明智探偵は仰いました。『二十面相から手紙が届いたそうですね』と」

壮太郎氏と近藤さんは仰天したそうです。つい今し方まで警察に届けようか、どうしようかと相談していたところでしたから。

二十面相の手紙とはこんな内容だったのです。

『親愛なる羽柴壮太郎氏に告ぐ。

疎開先からぶじ東京に移送された、貴下秘蔵の黄金の厨子《ずし》を、近いうちに頂戴することをお約束する。それまでの間、十分に注意して保管されることをおすすめしたい。警察に知らせたければ、どうぞご自由に』

驚いたことにそんな予告が届いたことを、明智探偵は早くも察知していました。

羽柴家に伝わる黄金の厨子なら、小林くんも知っています。飛鳥《あすか》時代に造られた高さ三十センチほどの厨子ですが、国宝クラスの秘宝として戦時中はずっと信州に疎開させてあったのです。

「私どもの狼狽《ろうばい》を見越した明智探偵は、『自分が預かっておく、絶対によその手に渡さないから安心してほしい』そう仰いまして……」

おろおろと説明する近藤さんでした。

「それで、黄金の厨子を預けたんですか！」

「は……はい」

うなだれた近藤さんに代わって、羽柴くんのお父さんがいいました。

「預けたのだよ、まさしくきみに」

「……ぼくに、ですか」

小林くんとしては天を仰ぎたい気分です。

思い出したように立ち上がった壮太郎氏が、机の引出しから一通の封書を取り出しました。

「これが明智探偵……そう名乗っていた人物からの預かり証だが」

震える手で羽柴くんのお父さんは、封書を拡《ひろ》げて読み上げました。

「……決して他者には渡さない。最大限の善意をもって丁重に保管する……な、なんだ、これは！」

手紙を鷲掴《わしづか》みにした壮太郎氏がパッと立ち上がったので、少年たちはびっくりしました。

羽柴くんのお父さんはこう叫んだではありませんか。

「明智小五郎のサインが消えて、二十面相になっている！」

もうひとりの小林くん

「奇術で使うインクで書かれていたのだね」

書斎に落ち着いて、小林くんから話を聞いた明智探偵はパイプを手に苦笑しました。良く手入れされた黒いパイプですが、煙は吐いていません。中に詰めるタバコがないので、くゆらすことができないのです。それでも探偵は、「こいつがないと寂しくてね」といいながら、いつも手元に置いていました。

書斎は水回りの土間を隔てて、隣家の矢島家を買い取り、改造した六畳間です。漆喰壁《しっくい》の上に真新しい壁紙を張りめぐらせ、一方の壁に書棚が取り付けてあります。

窓の外はもう夕暮れですが、明るければ探偵と小林くんが力を合わせて耕した畑と花壇が見えたことでしょう。

「どこの家も大切な家宝のたぐいは、疎開させていた。戦争が終わって続々と帰ってくる。つまり二十面相の活躍の場が広がったというわけだ」

ゆったりと足を組んだ明智探偵は、タバコ抜きのパイプを銜《くわ》えました。

「実は中村警部に呼ばれたのも、二十面相の件だった」

「そうなんですか！」

小林くんは目を輝かせました。

「じゃあ中村さんも、羽柴家の厨子が狙われていたことを、ご存知だったんですか」

「イヤ、そうじゃない。二十面相が予告状を出したことはおなじだが、標的は銀座《ぎんざ》にショールームを開く予定の太田垣《おおたがき》美術店なんだ」

「西洋の古美術を扱ってる店でしたね」

「そう、日本より欧米で名が知られている老舗《しにせ》だよ。それで社長の太田垣氏は、進駐軍の客を目当てに、急いで店を建てたのだろうね」

銀座四丁目にはシンボルとして名高い時計塔が聳《そび》えています。その服部《はっとり》時計店は進駐軍の接収をうけ、軍専用の売店——ＰＸに様変わりしました。当然その界隈《かいわい》に米軍の将兵が集まるので商売になると考えたのでしょう。

焼ける前の太田垣美術店のビルは、銀座通りの裏手の小路《こうじ》に建っていましたが、被災した今は三階建ての外郭が残っているだけです。

東京、というより日本を代表する繁華街だった銀座は、去年の一月、三月、五月の三度にわたる空襲をうけて、七丁目と八丁目の一部を残して焼け野原になっていました。

商売上の賭けに出た太田垣社長は、廃墟《はいきょ》同然のビルはそのままにして、表通りにショールームを建てたのです。こんな時期ですから、建材も人手も集まらず木造二階建ての仮住まいに近い店舗でしたが、焼けビルとバラックしか見当たらない銀座では、瀟洒《しょうしゃ》な店構えが工事中から評判を呼んでいました。

中村さんの話では、その社長の家に二十面相から手紙が届いて、『ショールーム開業のお祝い代わりに貴社が誇る魔道書頂戴にまかり越す』とあったそうです。小林くんは思わず笑いだしてしまいました。

「お祝い代わりに盗むのか！　図々《ずうずう》しいや」

「まったくだね。だがまあ、あいつらしい言いぐさだよ」

「それで太田垣美術店が警視庁に知らせてきたんですね。そのショールームのオープンはいつなんです」

「明日の朝、八時だそうだ」

「それじゃあぐずぐずしていられませんね」

むろん明智先生も現場に駆けつけるのでしょう。ところが先生は首を横にふりました。

「そのつもりでいたんだが、あいにくぼくの出番はなくなった」

「どうしてですか！」

意外な話です。てっきり中村さんは名探偵の出馬を要請したものと思ったのに。

「天下に誇る警視庁が、私立探偵のぼくに協力させるのは恥ずかしい。上層部にそういいだした人がいるらしい」

「上の人って……警視総監ですか」

いまの総監は弓削《ゆげ》という退役陸軍中将です。

「イヤ、弓削さん自身はそんなことをいう人じゃない……戦時中も警察と軍部の間をうまくさばいていたほどだ。政府の高官の意見なのさ」

中村警部の話では、戦災で家族を残らず失った弓削総監は、官舎でひとり暮らしの身の上だといいます。やりやすい上司だったのに、なぜ今度に限ってそんなことをいいだしたのか、明智探偵は察している様子でした。

「政府の体面の問題だよ。話が進駐軍にまで飛び火してしまってね。オオタガキのことを熟知する将軍がいたんだ。二十面相の狙いが魔道書とあっていきりたった」

『太田垣美術店にある魔道書は本物という噂《うわさ》だ。絶対に日本人の盗賊に渡してはならない！』

自分の部下を引き連れてギンザの警備に当たらせる。ジャパニーズ・ポリスは黙って見ておれと胸を張ったらしいのです。

「……凄い意気ごみですね。それでは警視総監も中村さんもやりにくいや」

「その通り。国内の犯罪取り締まりはわれわれの管轄だからと、やっと警視庁の警備を認めてもらったが、ぼくはハミ出した……実は中村くんと話しているところへ弓削さんも顔を見せて、頭を下げられてしまったよ」

そんな事情があっては、出馬を控えるほかありません。

「ぼくの不在は二十面相も残念だろうが、まあ今回は高みの見物に回ることとしよう」

名探偵はゆったりと構えていますが、小林くんには進駐軍の動きにも増して、気になることがありました。むろんそれは羽柴邸に現れた、小林くんの偽者です。

「羽柴くんの家に現れたもうひとりのぼくは、いったいどんな奴《やつ》なんでしょう？」

明智探偵は大きくうなずきました。

「二十面相がみつけた新しい部下としか考えられないね。戦災のために、親兄弟や住む家をなくした子供が大勢いる。戦争が終わって七カ月たっても正確な状況はわかっていない……モク拾いやかっぱらいでもして、必死に生き抜こうとしている。その中には悪党仲間に自分を売り込んだ者もいただろう」

もちろん小林くんも知っています。

上野《うえの》駅の地下道でボロを纏《まと》い顔は煤《すす》だらけの孤児たちが、目ばかり光らせている写真を何度も見たことがあります。

戦災孤児を題材にしたラジオドラマ『鐘の鳴る丘』は、この翌年にはじまるのですが、お年を召した読者諸君の中には、主題歌を口ずさんだ方もおいででしょう。

緑の丘の赤い屋根　とんがり帽子の時計台
鐘が鳴りますキンコンカン　メイメイ小山羊《やぎ》も啼《な》いてます……

小林くんの偽者は、そんな子供たちから二十面相が選んだひとりではないか。明智先生はそういうのでした。

二十面相銀座を跳梁す

次の日の朝です。

いつもなら銀座通りを颯爽《さっそう》と走り去る進駐軍のジープも、この日に限っては松坂屋《まつざかや》から銀座四丁目に向けての混雑に驚いて、ブレーキをかけるのでした。無理もありません、まだ空襲の爪痕が残っている五丁目の街並みに、ひときわ明るいスカイブルーの二階建てができて、その前で大勢のグレーや濃紺の背広あるいは国民服姿の男たちが、押し合いへし合いしていたからです。

彼らは申し合わせたように大型の写真機を構えていました。制服姿の警官もまじって声をからして人々を制止しており、サーベルのガチャつく音まで聞こえます。七月になると武器は警棒に代わりますが、このころはまだ佩剣《はいけん》が許されていた時期なのです。

いったいなんの騒ぎかと知らない者はふしぎがりますが、中には歩道にならんだ花輪を見て、ああ、あれか……と合点《がてん》する通行人もいました。

そう、今日は太田垣美術店ショールームの開店日、つまり二十面相が登場を予告した当日であったのです。

紙不足で新聞が十分に行きわたっていない時代でしたが、それでも通りかかる人の大半は、記事の内容を知っていました。

「二十面相が予告したんだ」

「魔道書を盗むというんだろう」

「その魔道書っていったいなんだ」

「本物の魔法のやり方が書いてあるんだ。装丁は人間の頭の皮膚らしい」

「気持悪い！」

「剃《そ》り残した髪の毛が、ところどころに生えてるそうだ」

「やめてくれ！」

店の前でそんな無責任な会話が交わされているころ、ショールーム地下の集会室では、問題の魔道書が有力な新聞社や放送局の記者を集めて公開されようとしていました。二十面相が宣言した犯行の時刻は八時だったので、その時刻に合わせて記者会見を行えば、いくら二十面相が大胆不敵でも現場にこられまい、というのが太田垣社長の考えだったようです。

五十人ほど集まることができる集会室には、ジャーナリストがつめかけ、進駐軍の情報関係と思われる少将や弓削警視総監も最前列に腰を下ろしていました。照明が薄暗いのは、目玉となる魔道書にちなんで、中世風のおどろおどろしい雰囲気をかもすためだそうです。

壁面には古めかしい地図や書物の写真が張りめぐらされ、正面の演壇には大型の書見台が据えてあります。今しがたその書見台に、太田垣社長がドンと載せたのが当の魔道書でしょう。縦五十センチ横四十センチ、厚みも二十センチはありそうで、美術店の大柄な社員が重たげに運んできたのも無理のないことです。こんなに重くてかさばる書物を、二十面相はいったいどうやって奪い去るつもりなのでしょうか。

固唾《かたず》を呑《の》んでいる記者団を前に、太田垣社長まで魔道師よろしく黒ずくめの衣装を羽織り、芝居がかった口調でとうとうと説明をはじめます。

下手《しもて》の壁を背に警備についている中村警部は、ちょっと可笑しくなりました。

(お偉方が臨席しているせいか、むやみに大がかりだな)

むろん警備の責任者として警部に油断はありません。会見に集まった記者たちの身分は厳重に調べずみですが、それだけではなかったのです。

なにしろ相手はあの二十面相です。たとえ大勢の見ている前でも、どんな奇抜な手を使って魔道書を盗みだすか知れたものではありません。

これは弓削警視総監にしか打ち明けていないのですが、用心の上にも用心を重ねた中村さんは、なんと列席した米軍情報部の少将まで、進駐軍上層部の伝《つて》を頼って間違いなく実在の将官と確認していました。イヤイヤそれどころか、社長の太田垣氏にさえ疑惑の目を向けて、今朝は部下の刑事たちに命じ目黒の太田垣家へ迎えを出したそうです。二十面相のことですから、出勤する途中の社長を誘拐して替え玉になりすます離れ業くらいやるかも知れない、というわけでした。

そんな細心の注意をはらった中村警部でしたが、実は個人的な心配があります。

新築されたショールームに隠し部屋や抜け道があるはずはなく、そんなことではありません。演壇の後ろ——壁が床に接するあたりを、警部は汚してしまいました。壁一面マホガニーそっくり（さすがに本物ではありません）に彩色されて、重厚な雰囲気を漂わせているそこに、一点黒いインクの飛沫《しぶき》があるのです。

内緒ですよ、もちろん。今朝早く集会室に乗り込んだ中村さんが、メモをとるとき万年筆をふったため、インクを飛ばしてしまったのです。壁の赤茶色に紛れて目立ちませんが、そのつもりで目を凝らすとわかります。

（せっかくの新築だったのになあ）

内心冷や汗をかいているうちに警視総監はじめ続々と客がつめかけて、拭き消す暇がなくなりました。でもまあ、演壇に太田垣さんが上がると見えなくなる位置なので、素知らぬ顔でズルを決め込む中村さんでした。

それよりも二十面相がいったいどこから出現するか。そちらに注意をはらう必要がありました。予告された八時から開かれる記者会見ですが、終了までの一時間、警部はずっと神経を張りつめねばなりません。

やがて太田垣氏が、魔道書を記者席に披露する運びとなりました。ものものしく黒い手袋を嵌《は》めた社長が、書物の一ページを拡げて見せます。三世紀をまたいだ古書ですから、弓削総監にも記者の誰にも読めるはずはないのですが、こうして見せつけられると、異国の文字がうねうねと紙面からのたくり出そうで、遠目に見ただけの中村さんでさえブルッと五体を震わせました。

その様子を満足そうに見た太田垣氏が、いっそう声を高めます。

「ごらんください。かの怪盗が涎《よだれ》を垂らすのもむべなるかな。いざ魔道書を閉ざして目を瞑《つむ》り、

『炎よいでよ、水よそそげ、闇よ落ちよ』

と叫ぶやたちまち奇蹟《きせき》が起こったと申します！」

太田垣氏の名調子に記者席はシンとなりましたが、それでも魔法に無縁な日本人の記者たちは、社長のオーバーな台詞《せりふ》とゼスチュアにたまりかねたとみえ、あちこちからクスク

スという笑い声が漏れました。

中村さんも例外ではありません。

(芝居が臭いよ、太田垣さん)

つい口元をゆるめた、そのときでした。

なんの前触れもなく演壇の下からもうもうと煙が立ち昇りました。ただの白煙ではなく、赤い色が隠見するではありませんか。もしかして炎？

ぎょっとした中村さんが飛び出す間もなく、広間の照明の一切が消えました。窓のない地下室ですから、集会室は文字通り暗黒に鎖《とざ》されたのです。

はっとする間もありません。ザーッという音があがって、天井から水が降り注ぎました。雨？　そんなバカな、ここは地下室だぞ！

立ちすくんだ中村さんですが、すぐ体勢を立て直して演壇に突進しました。でもそのときはもう記者席は、水と煙に攻めたてられて大混乱に陥っていたのです。

「落ち着け！」

逃げようとする記者たちに突き飛ばされながら、必死に声を張りあげます。

「水はもう止まっています！　ただの脅かしです！」

最前列の弓削総監は沈着でした。とっさに隣席の進駐軍の将官をかばったといいますから、さすがの振る舞いでした。

「諸君、ただの煙だ、あわてるでない！」

煙が炎に見えたのは赤い照明を当てたからと、中村さんも判断しました。電気が切れたので赤い光ももう見えません。

「席にもどってください！　静まれッ」

警備の責任者として絶叫したのですが、恐怖に駆られた記者たちは聞く耳を持ちません。

「二十面相だ！」

「奴が魔法を使ったんだ！」

ひとつしかない出入口に殺到したので、固めていた警官たちがハネ飛ばされました。一流新聞や放送局の記者たちともあろう人々がパニックに陥ったのは、集まった全員が空襲の悲惨な体験を骨身に染みて覚えていたせいもあるでしょう。

覚悟を決めた中村さんは、拳銃を抜きました。責任をとらされるのは覚悟の上で、天井にむかって発砲しました。

一発、二発！

マホガニーまがいの壁に囲まれた空間で、銃声は予想以上に激しい谺《こだま》を伴って、全員の足を釘《くぎ》づけにしました。

「明かりを、早く！」

弓削総監の声も聞こえます。集会室だけでなくショールーム全体の電気が落ちていた様子です。やっと照明が回復したとき、中村さんは目を疑いました。

さっきまで弁舌を揮《ふる》っていた太田垣氏が、演壇の蔭《かげ》に長々と横たわっているではありませんか。

「太田垣さん！　しっかりしてください」

中村さんがいくら体を揺すっても、相手は小さな鼾《いびき》をかくだけです。

「睡眠薬を飲まされている……」

呟いた警部の肩を、警視総監が摑みました。

「おいっ、魔道書はどこだ？」

「え……あの書物なら書見台の上に」

「ないぞ！」

弓削総監は真《ま》っ青《さお》でした。わななく手が一枚の紙きれを摑んでいます。

「魔道書の代わりに、この紙がのこっていた……」

青くなるのも当然です。あの重たげで古ぼけた書物は煙のように消え失《う》せて、紙きれにはこう書いてありました。

領収書
魔道書は確かに頂戴した
諸般のお心遣いに感謝する
二十面相

読み終わる間もなく中村警部は全身を震わせました。アァ、なんという失態でしょう。見れば進駐軍の少将が額に青筋をたてています。自分の目の前で、世界の秘宝がものの見事に盗み去られてしまったのですから、言葉は通じなくても何を考えているかは一目瞭然です。

それにしてもいったいどうして……いつの間に……どんなからくりだったのか……唇を震わせていた中村さんの目に、このとき飛び込んできたのは演壇の背後の壁でした。

(ない！)

あのインクの飛沫が拭われたように消えています。

眠ったままの太田垣社長を総監にまかせて、警部は壁の裾にしゃがみました。やはりインクの跡は見当たりません。

「どうした、警部」

近づいた総監を見ながら中村さんは溜息《ためいき》をつき、のろのろと体を起こしました。

「二十面相の手品のタネがわかりましたよ……」

「なんだって」

「この壁です。田楽になっていたのです！」

二十面相名古屋に飛ぶ

「デンガクですか？」

小林くんには意味不明でした。

名古屋に向かう列車は大混雑していました。通路の小林くんは、客席の肘掛けにお尻を乗せています。客席に座っているのは痩せた老人で、もじもじしていた少年に微笑《ほほえ》みかけてくれ、ホッとしました。ギュウ詰めの車内にただ立っているよりラクだろうと、明智先生もすすめてくれたのです。

読者諸君はふしぎそうですね。なんだってふたりがキップを買うのも容易じゃない時代に、遠い名古屋まで出かけるんだ？　美術店の騒ぎがあってからまだ三時間しかたたない時刻なのに……。

答えはもちろん「そこに二十面相が現れるから」ですが、まずはさっきの会話をつづけましょう。そう、二十面相が銀座で起こした怪事件の顚末《てんまつ》です。

肘掛けの小林くんを混雑からかばうように立った明智探偵は、体をかがめて話しかけます。

「そうだよ。豆腐の田楽を知っているだろう。真ん中に串が刺してある。あれとおなじように装置の一部が、軸を中心にしてクルンとひっくり返る仕掛けなのさ。歌舞伎の舞台でしばしば使われる」

「じゃあつまり、集会室のその壁も……」

名探偵は大きくうなずきました。

「調べてみると中村くんの推察通り、壁は裏表ドンデン返しにできる仕組みだった……その向こうに抜け道があってね」

「でもそこは地下室なんでしょう……ああ、そうか！」

小林くんは思い出しました。ショールームの敷地は狭い小路を挟んで、焼けた本社ビルに向かい合っていたことを。

「その焼けビルにも地下室があるんだ。だから少し地下を通るだけで、もとの本社に出られたんですね」

「そうだよ。むろん警視庁や進駐軍の目は届いていなかった」

「でもヘンですよ！　新築したばかりのショールームに、なんだって抜け道ができていたんですか」

そんなものはあり得ないとして、注意深い中村さんさえ想像できなかったのです。

「そこがあいつらしいやり口さ」

パイプを磨きながら、先生はいいました。

「ショールームを請け負った工務店に、太田垣社長がじきじきに依頼していたんだ……」

「ええっ」

「もちろん変装したあいつなんだが、工務店はそんなことは知らないからね。開店当日の催しの趣向として客の全員をびっくりさせるから、誰にも内緒で抜け道を工事してくれ。雨や煙の仕掛けも工夫してくれ。そう注文されたそうだ」

「はあ」

小林少年も二の句が継げません。

中村さんは、太田垣氏が偽者に入れ代わる場合を用心して、社長宅まで刑事たちを迎えに行かせたのですが、二十面相の企《たくら》みはその上を行きました。

「本物の太田垣さんを監禁したあいつは、前日から社長になりすましていた。それまでも工務店に発注するとき、抜け穴の工事完了の報告をうけたとき、その都度太田垣さんに化けて対応したらしい」

「それじゃあ記者団や進駐軍の少将に、魔道書の説明をした太田垣氏というのも……」

「二十面相だったに違いない。本物の太田垣さんはというと、眠らされ演壇の下の引出しに隠されていた」

「引出しですか？」

「そう。ベッドの下の収納部みたいなね。それなら力をこめて引出せば、一気に全身が現れるわけさ……炎に見せた赤い煙、天井に張りめぐらせてあったスプリンクラー、さらに闇で場内を混乱させておいて、デンガクであいつは逃げた。もちろん魔道書をさらってね」

超満員だった東海道本線の列車でしたが、運良く大船《おおふな》駅でお年寄りと連れが降りたので、明智探偵と小林少年はボックス席で肩をならべることができました。見回すと小学生を網棚に乗せている親子連れの姿もあります。珍しくもない風景なので、ジロジロ見る人なんかいません。

網棚といいましたが、どの客車も網なんかボロボロで荷物が落ちるため、短冊みたいな木の板を打ちつけてあります。大きな風呂敷包みとカバンの間に埋もれた男の子は、体に短冊の隙間の痕がのこるだろうなと、小林くんは同情しました。汽車で長旅するときはいつも何かしら体験しますから、痛みを体中で覚えているのです。

青い顔、痩せた顔。ときたま咳をする乗客を除けば、誰もが黙って揺られていて、苦行に耐える修行僧みたいでした。

体をひねった小林くんが、ズボンのポケットから東京鐵道局《てつどう》の『時間表』（『時刻表』とはいいません）を引っ張りだし、東海道本線のページを表にして折り直しました。東京管内だけとはいえ、タブロイド判の大きさにダイヤがのこらず収まるのですから、いかに列車の本数が少ないかがわかります。日本の大動脈の東海道本線でさえ、東京から名古屋までの直通は、夜行列車を含めて一日四本しかない最悪のダイヤでしたが、それさえ石炭事情の悪化で、さらに削減する羽目になる——そんな哀れな時代で、交通公社の『時刻表』は運休マークだらけ、簡単には読み取れない状況でした。

長距離客で混雑する車内では「二十面相」の名を出すのも憚《はばか》られ、明智先生は「あいつ」としか口にしていません。

「さて、そうなると一連の行動をあいつが終えた時間は、いつになるかな」

「八時三十分……遅くとも四十分には終わっています」

東京鐵道局『時間表』より

昭和22年１月20日のダイヤ

東海道本線

行先	静岡	三島	小田原	静岡	沼津	博多	伊東	沼津	沼津	熱海	小田原	米原	三島	沼津	沼津	名古屋
列車番號／驛名	705	135	801	137	803	1	805	807	31	809	1811	702	1813	709	813	711
東京發	…	5.25	5.51	6.25	7.10	7.25	7.55	8.40	9.10	9.55	10.25	10.40	11.25	11.55	12.40	12.55
新橋〃	…	5.29	5.59	6.30	7.14	7.30	7.59	8.44	9.14	9.59	10.30	10.44	11.29	11.59	12.44	12.59
品川〃	…	5.38	6.06	6.41	7.22	7.33	8.07	8.52	9.23	10.07	10.37	10.53	11.38	12.08	12.52	13.08
横濱〃	…	6.01	6.23	7.04	7.45	8.02	8.30	9.14	9.46	10.30	11.00	11.16	12.01	12.31	13.14	13.31
大船〃	…	6.20	6.46	7.26	8.04	8.24	8.49	9.32	10.05	10.49	11.18	11.35	12.20	12.51	13.32	13.51
藤澤〃	…	6.27	6.53	7.32	8.11	レ	8.56	9.39	10.12	10.56	11.26	11.42	12.27	12.58	13.39	13.58
辻堂〃	…	6.33	6.58	7.38	8.16	レ	9.02	9.45	10.18	11.02	11.32	11.48	12.33	13.04	13.45	14.04
茅ヶ崎〃	…	6.38	7.03	7.44	8.22	レ	9.07	9.50	10.23	11.07	11.38	11.53	12.38	13.09	13.50	14.09
平塚〃	…	6.45	7.10	7.51	8.29	レ	9.14	9.51	10.30	11.14	11.46	12.00	12.45	13.16	13.57	14.16
大磯〃	…	6.51	7.16	7.57	8.35	レ	9.20	10.03	10.36	11.20	11.51	12.06	12.51	13.22	14.03	14.22
二宮〃	…	6.59	7.23	8.04	8.43	レ	9.27	10.11	10.44	11.28	11.59	12.14	12.59	13.30	14.11	14.30
國府津〃	…	7.06	7.30	8.11	8.50	レ	9.34	10.18	10.51	11.35	12.06	12.21	13.06	13.37	14.18	14.37
鴨宮〃	…	7.10	7.34	8.16	8.55	レ	9.38	10.23	11.01	11.40	12.11	12.26	13.11	13.42	14.23	14.42
小田原〃	5.55	7.16	7.40	8.22	9.02	9.21	9.46	10.30	11.07	11.47	12.16	12.33	13.17	13.49	14.30	14.49
早川〃	5.59	7.21	…	8.26	9.07	レ	9.50	10.35	11.12	11.52	…	12.38	13.22	13.54	14.35	14.54
根府川〃	6.06	7.28	…	8.33	9.14	レ	9.58	10.42	11.19	11.59	…	12.45	13.29	14.01	14.42	15.01
眞鶴〃	6.14	7.35	…	8.41	9.22	レ	10.06	10.50	11.27	12.07	…	12.53	13.37	14.09	14.50	15.05
湯河原〃	6.19	7.40	…	8.46	9.28	レ	10.12	10.56	11.33	12.13	…	12.59	13.43	14.15	14.56	15.15
熱海〃	6.27	7.49	…	8.54	9.37	9.56	10.29	11.05	11.41	12.21	…	13.08	13.52	14.24	15.05	15.24
函南〃	6.40	8.02	…	9.08	9.51	レ	…	11.19	11.55	…	…	13.22	14.06	14.38	15.19	15.38
三島〃	6.48	8.10	…	9.16	10.00	レ	(伊東着 11.00)	11.28	12.04	…	…	13.31	14.14	14.47	15.28	15.47
沼津着	6.56	…	…	9.24	10.08	10.26		11.36	12.12	…	…	13.39	…	14.55	15.36	15.55
沼津發	7.06	…	…	9.29	…	10.31		…	…	…	…	13.45	…	…	…	16.01
静岡〃	8.22	…	…	10.44	…	12.08		…	…	…	…	15.10	…	…	…	17.27
濱松〃	…	…	…	…	…	13.59	…	…	…	…	…	17.03	…	…	…	19.18
名古屋〃	…	…	…	…	…	17.00	…	…	…	…	…	20.03	…	…	…	21.58
大垣〃	…	…	…	…	…	レ	…	…	…	…	…	21.08	…	…	…	…
米原〃	…	…	…	…	…	19.16	…	…	…	…	…	22.13	…	…	…	…
京都〃	…	…	…	…	…	21.16	…	…	…	…	…	…	…	…	…	…
大阪〃	…	…	…	…	…	22.00	…	…	…	…	…	…	…	…	…	…
神戸〃	…	…	…	…	…	22.47	…	…	…	…	…	…	…	…	…	…
姫路〃	…	…	…	…	…	0.16	…	…	…	…	…	…	…	…	…	…
岡山〃	…	…	…	…	…	2.27	…	…	…	…	…	…	…	…	…	…
廣島〃	…	…	…	…	…	9.06	…	…	…	…	…	…	…	…	…	…
下関〃	…	…	…	…	…	16.28	…	…	…	…	…	…	…	…	…	…
門司着	…	…	…	…	…	13.38	…	…	…	…	…	…	…	…	…	…
博多〃	…	…	…	…	…	15.52	…	…	…	…	…	…	…	…	…	…

行先	國府津	濱松	沼津	伊東	島田	御殿場	沼津	熱海	沼津	沼津	小田原	沼津	國府津	熱海	沼津	熱海	沼津
列車番號／驛名	1815	713	815	817	143	819	3821	821	715	823	825	827	828	831	717	833	835
東京發	13.28	13.55	14.40	15.10	15.25	15.55	16.09	16.25	16.40	16.55	17.10	17.25	17.40	17.55	18.25	19.10	20.10
新橋〃	13.33	13.59	14.14	15.14	15.29	15.59	16.14	16.29	16.44	16.59	17.14	17.29	17.44	17.59	18.29	19.14	20.14
品川〃	13.40	14.08	14.53	15.22	15.38	16.07	16.21	16.38	16.53	17.07	17.22	17.37	17.52	18.08	18.37	19.23	20.22
横濱〃	14.02	14.31	15.16	15.45	16.01	16.29	16.43	17.01	17.16	17.30	17.45	18.00	18.15	18.31	18.59	19.46	20.44
大船〃	14.20	14.50	15.35	16.04	16.21	16.47	17.01	17.21	17.35	17.49	18.04	18.19	18.34	18.50	19.17	20.05	21.02
藤澤〃	14.26	14.57	15.42	16.11	16.28	16.54	17.08	17.28	17.42	17.56	18.11	18.26	18.41	18.57	19.24	20.12	21.09
辻堂〃	14.32	15.03	15.48	16.17	16.34	17.00	17.14	17.34	17.48	18.02	18.17	18.32	18.47	19.03	19.30	20.18	21.15
茅ヶ崎〃	14.38	15.08	15.53	16.22	16.39	17.05	17.20	17.39	17.53	18.07	18.22	18.37	18.52	19.08	19.35	20.23	21.20
平塚〃	14.46	15.15	16.00	16.29	16.46	17.12	17.28	17.46	18.00	18.14	18.29	18.44	18.59	19.15	19.51	20.30	21.27
大磯〃	14.52	15.21	16.06	16.35	16.52	17.18	17.33	17.52	18.06	18.20	18.35	18.50	19.05	19.21	19.57	20.36	21.33
二宮〃	14.59	15.29	16.14	16.43	17.00	17.25	17.41	18.00	18.14	18.27	18.43	18.58	19.13	19.25	20.05	20.44	21.40
國府津〃	15.05	15.36	16.21	16.50	17.07	17.36	17.48	18.07	18.21	18.39	18.50	19.05	19.19	19.36	20.12	20.51	21.47
鴨宮〃	…	15.41	16.26	16.55	17.12	…	17.53	18.12	18.26	…	18.55	19.10	…	19.41	20.17	20.56	21.51
小田原〃	…	15.48	16.33	17.02	17.19	御殿場着	17.59	18.19	18.33	…	19.00	19.17	…	19.48	20.23	21.03	21.57
早川〃	…	15.53	16.38	17.07	17.24		18.03	18.24	18.38	…	…	19.22	…	19.53	20.28	21.08	22.02
根府川〃	…	16.00	16.45	17.14	17.31		18.10	18.31	18.45	(御殿場線経由)	…	19.29	…	20.00	20.35	21.15	22.09
眞鶴〃	…	16.08	16.53	17.22	17.39	18.40	18.18	18.39	18.53		…	19.37	…	20.08	20.43	21.23	22.16
湯河原〃	…	16.14	16.59	17.28	17.45	…	18.23	18.45	18.59		…	19.43	…	20.14	20.49	21.29	22.21
熱海〃	…	16.23	17.12	17.45	17.54	上野發	18.31	18.53	19.08		…	19.52	…	20.22	20.57	21.37	22.30
函南〃	…	16.37	17.25	伊東着	18.08		18.45	…	19.22		…	20.06	…	…	21.11	…	22.43
三島〃	…	16.46	17.35		18.17	15.31	18.53	…	19.31		…	20.15	…	…	21.20	…	22.51
沼津着	…	16.54	17.43		18.25	…	19.01	…	19.39	20.30	…	20.23	…	…	21.28	…	22.59
沼津發	…	17.00	…	18.18	18.30	…	…	…	…	…	…	…	…	…	…	…	…
静岡〃	…	18.35	…	…	島田着	…	上野發	…	…	…	…	…	…	…	…	…	…
濱松〃	…	20.22	…	…		…		…	…	…	…	…	…	…	…	…	…
名古屋〃	…	…	…	…		…		…	…	…	…	…	…	…	…	…	…
大垣〃	…	…	…	…	18.18	…	15.15	…	…	…	…	…	…	…	…	…	…
米原〃	…	…	…	…	…	…	…	…	…	…	…	…	…	…	…	…	…
京都〃	…	…	…	…	…	…	…	…	…	…	…	…	…	…	…	…	…
大阪〃	…	…	…	…	…	…	…	…	…	…	…	…	…	…	…	…	…
神戸〃	…	…	…	…	…	…	…	…	…	…	…	…	…	…	…	…	…
姫路〃	…	…	…	…	…	…	…	…	…	…	…	…	…	…	…	…	…
岡山〃	…	…	…	…	…	…	…	…	…	…	…	…	…	…	…	…	…
廣島〃	…	…	…	…	…	…	…	…	…	…	…	…	…	…	…	…	…
下関〃	…	…	…	…	…	…	…	…	…	…	…	…	…	…	…	…	…
門司着	…	…	…	…	…	…	…	…	…	…	…	…	…	…	…	…	…
博多〃	…	…	…	…	…	…	…	…	…	…	…	…	…	…	…	…	…

打てば響くような、小林くんの明快な答え。

「あいつの出番は、デンガクをくぐり抜けるまでですから、あとは焼けビルに待機していた子分だけで用は足ります」

他の連中は知りませんが、河合《かわい》という男なら小林くんもよく覚えています。駒沢《こまざわ》の給水塔で別れたとき、二十面相はふたりに分裂して見せました。そのひとりが河合だったはずです。自分の替え玉を演じさせたのだから、二十面相としても大切な部下に違いありません。

魔道書を運んだり昏睡《こんすい》中の太田垣社長を演壇から引出すのは、河合たちにまかせて、二十面相がいち早く東京駅に駆けつけたとすれば、どの列車に間に合っただろう。

小林くんがそんなことを考えたのは、事件の直後に警部から明智先生のもとへ電話がかかってきたからでした。

二十面相にしてやられたという知らせと共に、中村さんはこう話してくれました。

「たった今、愛知県警から長距離電話をもらったんだよ。二十面相は名古屋でも国宝級の品を頂戴すると予告してきた……それも今日!」

さすがに明智探偵も驚きました。

「待ってくれ。二十面相なら魔道書を盗んだばかりだろう」

「そうなんだが、愛知県警の犬飼《いぬかい》という刑事が強情な男でね。間違いなく二十面相の予告だというんだ……最後に、こう書いてあった。明智くんによろしく、とね」

「ウーン」

自分の名前を出された名探偵は、さすがに考えました。

明智対二十面相の知恵比べは戦前でこそ有名でしたが、日原《につぱら》の鍾乳洞《しようにゆうどう》の戦い以後は二十面相も消息を絶ち、明智探偵も召集されたため、名勝負の数々を知る者は少なくなりました。明智が独特のルートで内地に引き揚げたことも、まだ一部の関係者にしか知られていないのです。

そんな状況で二十面相が明智を指名したというのは、いかにも本物めいているではありませんか。

心配そうに自分を見ている小林少年に、明智は力強くうなずきました。

「いいでしょう。せっかく奴が名をあげてくれたんだ。知らん顔をしては不義理になる」

そんな経緯《いきさつ》があって、こうして名探偵と助手は満員列車でもみくちゃにされていたのでした。

問題は太田垣美術店の事件のあと、二十面相はどうやって名古屋に移動しようとしているのかという点です。飛行機は問題外といっていいでしょう。敗戦後の日本の空はくまなく進駐軍の管理下にあります。明智探偵は今ではヘリコプターまで含めて、飛行機の操縦術を会得していて、おそらく同等の技術を二十面相も持っているでしょうが、乗るべき飛行機がありません。たとえあったとしても空に舞い上がったが最後、たちまち米空軍に発見され撃墜の憂き目を見るに決まっています。

では自動車はどうでしょうか。

燃料がどうこういう以前に、走るべき道が整備されていません。進駐軍の高官がハッキリいったそうです。「日本に道路はない。あるのは道路予定地だけだ」

もともと車文化に縁遠く、しかも戦争で荒れ果てたわが国では、自動車による高速移動なぞ考えられないことでした。

となると頼みは鉄道だけですが、石炭事情の逼迫《ひっぱく》により去年の暮れから三度にわたって列車本数は削減されています。十二月十五日、旅客列車五十パーセント削減（戦時中の最低ダイヤをさらに下回りました）。十二月二十一日、旅客列車さらに二十パーセント削減。十二月二十四日、旅客列車さらにさらに十三パーセント削減。これによって日本の大動脈の東海道本線さえ虫の息になったのです。

今年になっていくつかの列車が復活、やっと去年の十一月なみになった程度で、ろくな長距離列車がありません。こんな状況ではいくら二十面相でも、簡単に名古屋へ移動できるはずがなかったのです。

鉄ちゃんの小林少年ですから、改めて東京鐵道局の紙きれみたいな『時間表』と照らし合わせなくても、名古屋までのダイヤは頭にはいっています。つまりそれくらい、列車の本数が少ないということでしたが。

(あいつが東京駅に到着したのは、どんなに急いでも八時五十分か九時というところだ。だから急行には絶対間に合わない)

特急なんてあるはずもなく、急行列車さえ片っ端から運休中で、今でも動いている急行は一日三本きり。その最初が午前七時二十五分発、列車番号1の博多《はかた》行きでした。

そのあとにつづく列車は沼津《ぬまづ》止まりが精一杯で、名古屋へ行くためには十時四十分発の米原《まいばら》行きまで待つ他ありません。間にあった二本の急行は運休しているのです。

(……ということは、この列車に二十面相も乗っているんじゃないか!)

満員列車の小林少年

少年は油断のない目で、周囲に密集する乗客を見回しました。

(どこかに二十面相がいる……あの信玄袋《しんげんぶくろ》を抱えたお婆《ばあ》さんかも……それとも戦闘帽に

軍服の若者かも知れない……）

　緊張した面持ちですが、なにしろ混んでいるのです。ブレーキがかかる都度、群衆は小さな悲鳴をあげながら前に後ろによろめきます。小田原《おだわら》駅では列車を待っていたホームの客がバッタのように集まってきて、中には窓ガラスを拳固でドンドンと殴る若者もいました。口を大きく動かしています。ろくに聞こえなくても、「開けろ」と怒鳴っているのがよくわかります。まるで銀行強盗みたいな凶相でした。殺気に押されて、窓際にいたお爺《じい》さんが、窓の掛け金に手をのばしました。

　この当時としては当たり前ですが、本来二人掛けの座席に明智探偵と小林くんをいれて三人掛けのギュウ詰めだったのです。小林くんはいつもの詰襟、明智先生はチョコレート色の背広に開襟シャツに煉瓦色《れんがいろ》のベストという、二人とも汚れが目立たないような服装でした。

　小林くんが学生服の腕をのばして、お爺さんを止めました。

「ダメですよ、開けては！」

「だって坊や」

お爺さんは青くなっています。それほど、ガラスを挟んだ若い男は血相を変えていました。

「開けないとブッ殺すぞ」

大声で今にもガラスが割れそうです。

「俺は特攻帰りだ！　死に損なってるんだ！　開けろ爺《じじい》！」

だがその声も虚《むな》しく、列車はゴトンとひとつ身震いしてから動きはじめました。見る見るホームの群衆は真横に流れ、置き去りにされてゆきます。

夢から覚めたようなお爺さんが、小林くんを振り向きました。

「ああ……おかげで助かった……もう少しで開けるところだった」

無理もないと小林くんは考えます。あの戦争がはじまる前から、誰もが命令されつづけて生きてきました。偉そうな顔で大声を出す奴、そんな連中にわけもわからずついていって、大勢の人たちが死んだのです……。

「でもな、坊や」

お爺さんは歯の抜けた口をもごもごさせました。

「今の兵隊さんは、自分の奥さんを乗せてやりたかったらしいよ」

まだ兵隊さんというのかと感心しながら、

「奥さんって……そんな人どこにいました？」

「兵隊さんの背中に張りついて、ちっちゃな女の人がいたんだよ」

まるで気がつきませんでした。

「青い顔して、男の手の……指の先をしっかり摑んでいたよ」

「奥さんて。まだあの男の人、学生くらいの年なのに」

「あの年で戦争にとられるとなあ。家の血筋を絶やさんように、応召の前日にも結婚させる親がおる……だから子供みたいな夫婦ができる。ひと晩限りの契《ちぎ》りでも、けっこう赤ちゃんを授かったさ」

「はあ」

そこでお爺さんはくっくと笑いました。

「それがわしじゃった……父親が出征する前の晩だよ。子種を新妻のおなかに仕込んでいった。だからわしは、父親の顔を見ずに育ったさ」

「そうなんですか……でもそれ、いつの話ですか」

「日清《にっしん》戦争だよ。父親は黄海《こうかい》海戦で戦死した。煙も見えず雲もなく……」

つい軍歌を口ずさんだお爺さんは、照れたように歌をやめました。

小林くんは、思わずしわくちゃな顔を見つめました。

(日本て戦争ばかりしていたんだなあ！)

でも、すると……この人は五十を過ぎたばかりなのか。痩せ細って六十あまりの老人に見えるのですが。

お爺さん（？）は、丹那《たんな》トンネルをくぐった先の沼津で下車するそうです。

「娘と孫が富士《ふじ》の麓《ふもと》に疎開していてな。坊や、わしが降りたらすぐ窓を閉めるんだよ」

なんのことだかわからずにいると、お爺さんは列車が沼津駅構内にはいると、手際よく風呂敷包みを背負って、窓を開けたのです。吹き込む風はまだ冷たくて、ほかの乗客が文句をいおうとするより早く、痩せた体を窓枠の下にねじこみ、あっという間にホームに滑り降りました。客車の前後に集まっていた客がソレとばかりに飛んできたので、あわてて閉める小林くんを笑顔で見やって、たちまち群衆の中に消えてゆきます。

枯れ木みたいに見えても、こんなときにはシャッキリ動くんだな……さもなきゃ生きてゆけなかったんだろうな……少年は感心するばかりです。

明智先生が体を寄せてきたので、小林くんも空いた窓際へ移動しました。いつの間にか探偵の隣には、ねんねこ半纏《ばんてん》で赤ん坊を背負った女の人が、お尻をねじこんでいます。赤ちゃんには絣《かすり》模様のちっちゃな防空頭巾をかぶせ、自分は汚れた手拭いを姉さんかぶりにしていました。

「すみません」

意外なほど若い声の女性が頭を下げても、

「いや……」

　生返事しただけの探偵は、なにかまったく別なところを見ているみたいで、小林くんはハッとしました。

（明智先生、どうしたんだろう）

探偵のかすかな疑問

「うん？」

　小林少年の視線を感じたのでしょう、フッと明智探偵の表情が動きました。まるで冬眠から覚めたみたいに、目がゆっくりと動いています。隣に座った若い母親に気がついたとみえ、ねんねこの赤ちゃんをあやすような優しい目つきになりました。

「……や、すまなかった」

　不意に謝られたのにはびっくりです。

「なんでしょう、先生」

「ちょっと気になることがあってね。しばらく頭の中でその答えをひねくっていたのさ」

……そうだったのか。先生、疲れていらっしゃるんじゃないか。心配していた小林くんも快活な表情を取り戻した明智探偵の様子に、ホッとしました。それがわかったのでしょう、探偵は声を落として説明をはじめました。

「銀座の事件だが、中村くんが電話でこんなことをいっていたんだよ」

警視庁の意向をうけて、今回の事件に限って明智探偵は出馬しない……その話を警部が太田垣社長に伝えたときのことです。

「飽くまでカンに過ぎない、そう断った上でだが中村くんの目には、なぜか太田垣社長がホッとしたように見えた――というんだ」

「はい？」

「その意味がわからなくて、つい今まで理由を探しあぐねていたのさ」

「ヘエ……」つい生返事になりました。

「どう思う、きみは」

どうといわれても、とっさに言葉が出てきません。

「えっと、……警視庁が本腰をいれたとわかったんじゃないですか。ふだんなら先生の出馬を歓迎するのに、今回は自分たちの手で二十面相を捕らえてやる。そんな警察の意気ごみを太田垣社長が感じたとか」

なにしろ進駐軍の高官が目の前にいるのです。天下の警視庁の名誉にかけて怪盗を捕まえてみせる。弓削総監の張り切りぶりが太田垣社長に伝わったんだろう。……と、そこまで考えてから、小林くんはアッとなりました。

「でもそのときの太田垣社長は、二十面相だったんですね！」

赤ちゃんを起こしてはいけないし、満員の車内で〝二十面相〟と大声を出すのも躊躇《ためら》われるので、声を抑えていいました。

疲れ切った長距離の旅客たちは、黙々と列車の振動に身をまかせています。立ちっ放しのひとりだった初老のおじさんが、たまりかねたように通路に座り込みました。それをきっかけにあちこちの座席でガサガサ音がしたのは、みんなが靴を脱いで足をのばそうと床に新聞紙を拡げているのです。都会の一部や軍隊を除けば、日本の暮らしではまだ下駄や草履が多かったので、長く靴を履いていると足が疲れましたから。

やがて客の動きも収まって、あとに車輪がレールの継ぎ目を拾う音だけが残ります。辛《つら》いが静かな車内の光景にかえりました。

明智先生は微笑しています。

「……さて、そうするとどうなるかな」

「ヘンですね」

さすがは小林くんです。先生が抱いていた疑問に辿《たど》り着きました。

「二十面相なら、先生がこないと聞けばがっかりするはずです。でもなぜかホッとしていた?」

「そうなんだよ」

明智先生は照れたように、髪の毛をくしゃくしゃと掻《か》きまわしました。

「ぼくの自慢に聞こえそうだが、二十面相ならきっとそんな反応を見せたはずだ。なにしろあいつは、ぼくと知恵比べする機会を待ちかねていたんだから」

それについては小林くんもまったく同感なのですが、

「中村さんのカン違いではないんですか」

「そうではないと思う」

先生はきっぱりといいました。

「彼もベテランの警察官だ。相手の感情を読むことでは一流だからね」

するとこれは、どういうことになるのでしょう。名探偵はつづけました。

「偽の太田垣社長は、ぼくの不在を耳にしてなぜ安心したのだろう? 小さな疑問かも知れないが、なにしろあいつがかかわった事件だからね。一度気になるとどうしてもその答えが知りたくなる」

「ハイ」

小林くんはうなずきました。

学校のテストで出された難問とおなじだ。そう考えたのです。すぐにはわからない、だったらいいや、諦《あきら》めようとさっさと尻尾《しっぽ》を巻く同級生も大勢いますが、少年は違いました。点数の上下を考えたのではありません。靴の中に小石がはいったみたいで、気分が落ち着かないのです。最後まで突き詰めて答えを出さなくては、なにより自分が気持悪いじゃありませんか。

誰のためでもない自分のために謎の解答がほしい……それが小林くんの性分でした。そんなところは明智先生そっくりだったのです。

「それで先生、結論を出されたんですか」

少し気負って尋ねたとき、通路に座った男の人がモタモタと立ち上がりました。

「失敬……通してくれ」

制服のお巡りさんが乗客に挨拶しながら、体をすぼめて通り抜けるところでした。職業柄でしょう、左右に目を配りながら移動してゆきます。その鋭い視線が小林くんたちの三人掛けに注がれました。

背広に暖色のベストを着た明智先生の垢《あか》抜けた姿が乗客の中で目立ったのだと、小林くんは思いました。ところがその先生は上半身をねじって、ねんねこから見える頭巾にかぶさっていたので面食らいました。

防空頭巾――今は防寒頭巾として使っているのでしょうが――の下で、目覚めた赤ちゃんをあやしている様子です。子供のいない明智探偵のそんな姿ははじめてで、頰をゆるめた小林くんは、思い当たることがあって真顔になりました。

警官は苦労しながら体をよじって、通路を歩み去ってゆきます。

制服姿が見えなくなると、ねんねこから顔を離した明智先生は、女性にそっと囁《ささや》きました。

「もう大丈夫。隣の客車に移ったから」

「ありがとうございます……」

蚊の鳴くような声をあげて、女の人が姉さんかぶりをとりました。その下から現れた顔に、小林くんはびっくりしました。赤ちゃんをおぶっているのだから二十代か三十代と思っていたら、女性は――いや、女性なんて呼んでは可哀相《かわいそう》なほど若い女の子でしたから。

髪の毛を短く刈っていてわかり辛いけど、小林くんと大して違わないみたいです。

先生は、そっと口に指をあててみせます。やはりそうでした。

(買い出しなんだ!)

食料事情が底無しに悪化していた時代です。配給してもらうお米はひとりがたった二合一勺《しゃく》なので、育ち盛りの小林くんなんかとても足りません。闇市でべらぼうに高い食べ物を買って、やっとおなかを満たしていました。おまけにその配給さえ遅配や欠配つづきで、ろくに人々の手に届かないのです。だから都会に住む人たちは、近在の農村に足をのばして、芋でも大根でもなんでも、口にはいるものを買おうとします――それが〝買い出し〟でした。

もちろん高いお金を出して、お金がなければ着物でも時計でも差し出して、食料を手にいれようとします。でもそんな取引を許していては、農村の人たちが正規のルートで売るのがバカらしくなりますから、役所は配給する食料が手にはいりません。というわけで警察は懸命になって、買い出しを取り締まるのでした。

だけど実際問題として、子供の多い家庭では捕まるのを覚悟で買い出ししなくては、一家揃って餓死してしまいます。

女の子もそのひとりだったのでしょう……赤ちゃんをおぶっていると見せかけ、実は芋だの豆だのを背負っていたのです。頭巾を脱げばその下から大根の葉っぱがバアと広がったに違いありません。

悪いことなんかしていないのに、お巡りさんの目を盗んでそうせねば生きてゆけないのが、戦争直後の日本でした。

二十面相は空を翔けたか

（可哀相に……）

小林くんも空《す》きっ腹の切なさは、理屈ではなく体で覚えています。

そんな思いをせずに誰もが楽しく暮らせる国にしなくては。そう思うのですが、でもそのためにいったいなにができるというんだろう。

本気で考えこんだ小林くんですが、もう長い間列車に揺られて疲れています。あんなことができる……こんなこともできる……うつらうつらしながら考えているうちに、どうやら本格的に眠りこんでしまったみたいです。

「小林くん、小林くん」

あ……先生が呼んでいらっしゃる……でも夢の中なのかな……そう考えていたら、先生の声が大きくなりました。

「小林くん！」

「ハイッ」

ほとんど飛び起きました。どうも先生に凭《もた》れて眠り込んでいたようです。

「刈谷《かりや》を出たところだよ。名古屋まであと僅《わず》かだ」

「はい……あの、大丈夫ですか」

「大丈夫って、なにが」

「えーと……ぼく、先生の上着に涎を垂らしたんじゃないかと……」

おずおずといったら大笑いされてしまいました。その声で目を覚ましたとみえ、先生の反対側から、ねんねこの女の子が体を起こします。彼女も明智探偵に寄り添って寝入っていたとみえます。

「すみません……」

「謝ることはないよ。おかげでぼくは暖かかった。それよりそろそろ降りる支度を」

窓の外はとうに真っ暗です。大高《おおだか》を過ぎればもう名古屋市内のはずですが、空襲をうけた市内に灯《あかり》の数は少なく、線路は築堤の高みに上がっているのに、雲が下界を覆っているみたいに暗い町並みでした。

列車番号702、米原行き。名古屋の停車時間を十分と仮定すると、到着の時刻は十九時五十三分。乗車時間は九時間十三分になりました。

座席や床から立ち上がった乗客が、しきりに腰やお尻を叩いています。大都会の名古屋だけに下車する人が多いのでしょう。誰もが全身を強張《こわば》らせた長旅（この後さらに関西や九州に向かう人のことを思えば、長旅なんていえた義理ではありませんが）の最後だけに、車内に多少の活気が蘇《よみがえ》りはじめたころ、列車はギクンギクンと停《と》まりました。

戦前に東洋一を誇っただけあって、ホームも線路下の通路も立派な造りです。爆撃をうけて駅舎もホームも屋根を吹っ飛ばされた東京駅に比べると、堂々として見えました。

残念ながら駅の正面にビルらしい建物は見当たりません。皓々《こうこう》と明かりの灯《とも》った西側が華やかなのは、名古屋で最大規模の闇市が駅西を広く占拠しているためです。

関西線に乗り換えるねんねこの少女とは、駅の通路でお別れしました。木曽川《きそがわ》に近い弥《や》富《とみ》まで行くそうです。

「警官の目を逸《そ》らしてくれたお礼だそうだ」

明智先生がポケットから出したのは、新聞紙に包んだ干し芋でした。今夜の腹の足しになるだろうといいながら、彼女の身の上を聞かせてくれました。

「一家で朝鮮から引き揚げてきたんだ」

小林くんが眠りに落ちてから、少女の話を聞いたのでしょう。

「内地に帰る人たちを襲う暴民がいて、特に女は危ないので丸刈りにして男の子に化けた。今はもう少し髪が伸びたと笑っていたよ。お父さんは死んで、お母さんは子供三人の面倒を見ながら、親戚の機織りを手伝っている。それで買い出しは姉の彼女の仕事なんだ」

男たちがはじめた戦争の後始末を、女性や子供が汗水垂らしてやっているのでした。

改札口を出たコンコースは国鉄のレールの下に造成された広い空間ですが、どことなく埃《ほこり》っぽく淀《よど》んで見え、下駄の歯音や靴をひきずる音が、薄暗い空間に谺していました。

しきりと改札口をふり返る小林くんに、明智先生は微笑しました。

「二十面相がいるんじゃないか、そう思っているのかい」

「あ、ハイ」

まるで易者みたいです。ニコニコと先生はつづけます。

「実はぼくもそう考えていたんだよ。あいつが東京から名古屋へくるためには、この汽車に乗るほかないからね。でも本当にそうだろうか」

スーッと名探偵の顔が引き締まりました。

「あの時刻に銀座で事件を起こしておいて、おなじ日に名古屋で盗みをやってのける。そのためには今の列車を使うほかはない。だが二十面相が、そんな当たり前の行動をとるだろうか」

柱のひとつに背中を預けた先生は、そんなことをいいだしたのです。

「エエ、ぼくもおなじことを考えました。でも結論はひとつしかありません。銀座で犯行に及んだ後、最短時間でこの町へ着くためには……」

あの列車以外に移動する方法がない。そういいかけたとき、

「明智さん！」

突然声をかけられて、ふたりは振り向きました。痩せて色の黒い国民服姿の男が小走りに駆けてきます。少し離れた位置でぴたりと足を止めたその人は、礼儀正しく敬礼をしました。坊主頭のその様子を見て兵隊帰りだと、小林くんは推測しました。

「愛知県警の犬飼であります、お迎えにあがりました」

「ああ、あなたが」

明智探偵がうなずきました。

この時刻に駅に着くと、中村さんが連絡しておいてくれたのでしょう。お互いに顔を知らなくても助手の小林少年を連れていますから、ひと目でわかったに違いありません。あわただしく呼びかけてきたのに、なぜか刑事は口ごもりました。

「せっかく来てくだすったのですが……」

その犬飼を見つめて、明智探偵が静かに尋ねます。

「もしかしたら、ぼくたちは手遅れではなかったのかな」

「先生！」

小林くんも驚きましたが、犬飼刑事の仰天はそれ以上でした。

「ど……どうしてそれを！」

「なに、ぼくの当てずっぽうですよ。一日の間に東京と名古屋、二カ所で犯行をしてのけようというんだ。あいつのことだからなにかからくりを思いついて、ぼくらをだしぬこうとしたのではないか……？」

「じ、実はその通りであります」

兵隊言葉が抜けきっていない刑事は、面目なさそうに俯《うつむ》きました。

「みごとにしてやられました……今さらではありますが、これから現場をご案内いたします。……ついては」

おそるおそるという様子で、探偵の顔色を窺《うかが》いました。

「警視庁の中村警部からお聞きしておりますが、明智さんは車の運転がおできになるそうで」

そんなことかと、小林くんは思いました。

（明智先生なら、自動車だってオートバイだって、飛行機もヘリコプターも操縦できるんだぞ！）

舞台は大須・新天地へ

県警の車は戦前の古強者《ふるつわもの》フォードでした。運転してきた同僚の刑事も明智探偵を待つはずだったのに、にわかに起きた強盗事件で招集がかかって、そちらへ行ってしまったそうです。

強盗は逮捕されましたが、正体が私服の進駐軍兵士であったため、英語に堪能《たんのう》な刑事として名指しされたというのです。

「逮捕の手柄はMPに持ってゆかれますがね」

助手席に納まった犬飼刑事のこぼすこと。たとえ新聞に出たところで、犯人がアメリカ陸軍の兵士とは書けないので、「大男」と誤魔化した記事になるだけでしょう。

「広小路《ひろこうじ》をこのまま直進ですか」

慣れた手つきでハンドルをとりながら、明智先生が尋ねます。

「左側に星条旗の立つビルがありますね。その交差点を右へお願いします」

戦災下の名古屋には珍しく堂々とした第一徴兵保険ビルは、急拵《きゅうごしら》えの中村呉服店と向かい合わせに御幸本町通《みゆきほんまちどお》りを挟んでいました。かつて名古屋城が離宮だったころ天皇家はこの通りを南下、熱田《あつた》神宮参拝に行幸啓《ぎょうこうけい》されたので「御幸」と名がついたということです。東京にも銀座通りと直交するみゆき通りがあって、皇居と浜離宮《はまりきゅう》を結ぶ道筋でしたから、おなじ事情だったのでしょう。

この御幸本町と広小路の十字路から、東へ進んで大津《おおつ》通《どお》りと交叉する栄町《さかえまち》までの一郭が名古屋の代表的な繁華街でしたが、今はまだ見渡す限りの焼け野原にポツンポツンと焦げたビルが建つ程度でネオンらしい灯影もなく、広小路沿いの歩道に並ぶ夜店の明かりが、賑《にぎ》わいを見せているだけでした。

フォードを右折させた明智探偵は、戦前に何度か名古屋を訪れていましたが、丸焼けの今は見通しがよすぎて戸惑っています。

広小路に比べると本町通りはずっと狭いけれど、往来する車が少ないので、すぐ目当ての大須《おおす》に到着できました。

左角に目立つビルが建ち、東宝映画『エノケンのちゃっきり金太』の看板が飾られています。戦前の作品ですがフィルム不足で再封切されたのでしょう。

「大須宝塚《たからづか》劇場は、焼け残ったのか」

明智先生の言葉に、犬飼刑事は嬉《うれ》しそうです。

「応召前に一度行きました。『海を渡る祭礼』……」

「ああ、稲垣浩《いながきひろし》監督でしたね」

先生はすぐ相槌《あいづち》を打ちましたが、刑事さんはポカンとしています。あまり映画に強い人ではないようです。

「それより私には、左手の赤門《あかもん》デパートが馴染《なじ》みでした。子供を連れて電気自動車やパチンコで半日遊びましたよ」

その赤門通りへ左折して大津通りに出る直前で、犬飼さんは車を停めてもらいました。

「この右が、犯行現場の新天地《しんてんち》であります。突き当たりが万松寺通《ばんしょうじどお》りで、戦前は菊人形の黄花園《こうかえん》があって、界隈でも一番賑やかでした」

説明する刑事の口調は幼いころを懐かしむようです。東京育ちの小林くんが浅草《あさくさ》に郷愁を覚えるように、大須万松寺の一帯は名古屋の盛り場の原点なのでしょう。

栄町や駅前に比べて復興が遅れ、通りの東側に並んだ映画館の常盤《ときわ》座や名古屋劇場、帝国座などは無残な姿を晒《さら》したままでした。

その一軒の万松寺映劇は、コンクリートで鎧《よろ》われていた映写室が中二階に焼け残っていて、そこが二十面相と伊藤《いとう》表具店の取引の場だったそうです。

現場へ着くまでの間に事件の詳細を犬飼刑事が説明してくれたので、小林くんも二十面相がどんなペテンを企んだのか、詳しく知ることができました。

名古屋のシンボルが金鯱《きんこ》に輝く天守閣であったことは、読者諸君もご存知ですね。「あった」と過去形で語らねばならないのは残念ですが、敗戦の三カ月前にアメリカ空軍のB29——超空の要塞——四百八十機の空襲で、あえなく焼け落ちていました。金鯱疎開のため天守閣に張りめぐらせた工事の足場に火がついたのです。

同時に豪壮を誇った本丸御殿も焼けましたが、大須の老舗伊藤表具店が補修のため預かっていた屏風《びようぶ》だけ、戦火を免《まぬが》れることができました。二十面相はそれに目をつけたのです。

本来は本丸御殿に飾られていて戦国時代初期の南蛮船が描かれており、美術的にも歴史的にも高い価値があるそうです。明治期に破損したため屏風の枠は新調ですが、南蛮船の絵には瑕疵《かし》もなくいずれ国宝に指定されるだろうと、評判の高い逸品でした。

それを二十面相ときたら、なんと「屏風絵を金一万円で購入したい」と申し入れてきたのです。本来なら対価ゼロで盗むところを、全焼した国宝名古屋城に免じて一万円の値付けをさせていただくと、言いたい放題の手紙が舞い込みました。

確かに一万円といえば大金です。ちなみに昭和二十一年の映画館の入場料は、インフレ進行中のため三月に三円まで値上がりしていますが、一万円に比べれば寥々《りようりよう》たるもの。とはいえ銀座の地価を参照すれば、四丁目交差点で一坪あたりが十万円でしたから、一万円の大金でも天下の銀座ではたった十分の一坪しか買えません。

それでも二十面相にしては、ちゃんとした? 商取引を申し入れてきたわけです。表具店は品物を国から預かっていただけなので、すぐ警察や県庁の役人と相談して、内々のうちに対処の手段を決めていました。売買をすませた直後の現場に警察が突入、怪盗の身柄を押さえる——というものです。

愛知県警では大物逮捕が近いとあって沸き返りました。警視庁でさえしばしば痛い目に合わされている怪人です。逮捕できれば一躍愛知県警の名は高まるでしょう。そのためにも新天地通りの警察官配置は慎重に運ばれていました。

二十面相が指定した取引の時刻は、午後七時だったそうです。

むろん小林くんはすぐに（ヘンだ）と思いました。読者諸君もよくご存知のはずですよね。

小林くんが持参した東京鐵道局の『時間表』よりさらにくわしい日本交通公社の『時刻表』（こちらは時刻表です、ややこしい）まで、東京駅の案内所で苦労して立ち読みしましたから、そんな時間に間に合うように走る長距離列車が絶対にないことを確認しています。

無理に探せば『時刻表』には、東京発九時三十分の大阪行が掲載されています。列車番号101のこの急行なら、名古屋着は十六時三十三分ですから、二十面相が指定した時刻にゆうゆう間に合いますが、残念なことにそのダイヤには▲印がついていました。運転休止のマークです。いくら『時刻表』に載っていても、汽車が走っていないのでは仕方ありません。

それとも二十面相のことですから、なにかとんでもない魔術を使って、石炭飢饉《ききん》の最中に急行列車を仕立てたというのでしょうか。

「バカバカしい」

思わず小林くんが独り言をいったとき、新天地通りに乗り込んだフォードは、焼けた万松寺映劇の前に停まりました。赤門通りと、一本南を走る万松寺通りには、街灯が復活しているのですが、Hの文字の横棒にあたる新天地通りには、まだ明かりひとつ灯っていません。もともと狭い道の左右は焼跡のままで、清掃も万全とはいえず路傍に残材が積まれていて、いっそう狭く見えました。

劇場の正面はタイル張りで外壁の半分近くが焼け残っていました。覗《のぞ》いてみるとモギリ——入場券の半片をちぎる受付です——の奥に中二階へ上る短い階段が見えました。

「この上が映写室なんだね」

明智探偵は穏やかな言葉遣いですが、犬飼刑事はいまいましさを隠そうとしません。

「まったく魔法使いですよ！」

気の毒に刑事さんは、二時間前に行われた捕り物の失敗が身に染みている様子でした。

映写室から消えた屛風絵

もちろん取引場所の映写室は、あらかじめ警察がくわしく調べています。

頑丈なテーブルは残っていましたが、据えつけられていた二台の映写機は取り払われ、ガラスの割れた戸棚の脇に、広告の看板や立て札が雑多に押し込まれているだけの、四角いガランとした空間でした。出入口はモギリの横に下りる一カ所だけ。

暮れるのが遅くなった三月でも、七時になると一帯は宵闇に包まれました。身をひそめる物陰もない焼跡ですが、バラックの喫茶店や焦げた煉瓦壁など警官たちは思い思いに隠れ場所を工夫して、赤門通りと万松寺通りで合図を待っていたのです。

七時五分前、予定通り表具店の三輪トラックが新天地通りにはいりました。運転してきた当主の伊藤氏は三代目の若者でしたが、負傷して戦地を離れ、今も左足を軽くひきずっています。

荷台に載せていた唐草模様の風呂敷包みが南蛮船の屛風です。畳まれた屛風の大きさは幅三尺高さ四尺でした。運転席から降りた伊藤さんは、ひらべったい大きな風呂敷包みを担いで劇場へはいって行きました。

映写室が無人なのはわかっています。どんな変装で誤魔化したところで、彼の後から万松寺映劇の焼跡にはいる者がいたら、そいつは二十面相か部下に決まっていましたから。犬飼刑事をはじめ二十人にあまる警察官は三カ所に分かれて、怪盗の出現をいまかいまかと固唾を呑んで待ち構えていたのです。

それなのに、どうしたことでしょう。

時計の針が七時を指しても、七時を五分……いや十分を回っても、二十面相どころか猫の子一匹新天地に現れないではありませんか。

ゆっくりと、夜は深まってゆきました。

(二十面相め、出てこないつもりか)

(約束は守る奴だというが)

(警察の網にカンづいて逃げたんじゃないのか)

映写室で待つ伊藤氏はもちろんでしょうが、警察官全員がジリジリして、今にもワーッと大声をあげて、劇場のモギリに突進したくなる、そんな気分になったころでした。

にわかにカン高い人声が近づきました。五人、いや十人もの子供たちが、大八車に荷物を載せてワイワイ騒ぎながら、大津通りから赤門通りへ曲がってきたのです。

「なんだ、あいつらは」

刑事たちは呆気《あっけ》にとられました。見るからに薄汚い身なりで、半分裸のような子供までまじっています。

「戦災孤児か？」

「それなら名駅《めいえき》に群れているはずだぞ」

東京では上野の地下道を絶好の塒《ねぐら》にしている子供たち、いわゆる戦災孤児は、名古屋では駅頭にもっとも多く見られました。度重なる空襲で家も親も失った子供たちに、大人は容易に助けの手をさしのべてくれないけれど、それでもみんな、生きてゆかねばなりません。モク拾いや靴磨きでおまんまにありつける子供はマシな方で、かっぱらいやコソ泥でその日の飢えを凌《しの》ぐのが大半だったのです。

「なんだって万松寺に移ってきたんだ？」

いったい誰が戦災孤児にいいつけて、大八車を引かせているのでしょうか。

車に積んだ荷物は、そのへんに転がっていたような立て看板やボロボロの建具で、そいつがなん枚もうずたかく重ねてありました。

つい驚き顔を晒した刑事には目もくれず、薄汚い子供たちは「車に積んだ宝物」とはやし立てながら、新天地通りにはいってゆくではありませんか。

「あいつら、現場へゆくぞ！」

犬飼さんが大声をあげたとき、反対側の万松寺通りから、また別の子供たちの騒がしい声が近づいてきました。

こちらもおなじように戸板やら立て看板やらガラクタを積んだリヤカーでした。

狭い新天地通りへ北から大八車、南からリヤカーの戦災孤児たちが割り込んできて、しかも万松寺映劇の前には、伊藤表具店の三輪トラックが駐《と》まっています。たちまち子供と子供が衝突をはじめました。

「どいてチョーよ！」

「邪魔するでニャー！」

「俺たちが先だがや」

「なにいってりゃーす」

生粋《きっすい》の名古屋弁でがなり立てる子供たちの騒ぎは、見る見るうちに大喧嘩《おおげんか》に発展してしまいました。そんな中でも刑事たちは、精一杯我慢していたのです。今もしも取引の場所へ、二十面相が現れたらどうなる！

我慢しているうちに、どんがらがっちゃんとなにかが壊れる音。子供たちから悲鳴があがりました。

「キャーッ、助けて！」

「首を絞めやーたな、おみゃー！」

「殺されてまう！」

「誰か、お巡りさーん！」

そこまでいわれて知らん顔はできません。おまけに喫茶店の店員が、おたおたしている刑事たちを怒鳴りつけました。

「あんたたち、警官だろ！　黙って見ているだけか！」

とうとう犬飼さんは喧嘩を止めに駆けだしたそうです。仲間を制止して自分ひとりのつもりだったのに、そうはゆきません。万松寺通りからも焼け焦げた劇場の奥からも、たまりかねて姿を見せた刑事たちが集まってきました。

「こら、やめなさい！」

「やめんか、きさまら！」

怒鳴りつける警察官めがけ、木切れやら小石やら投げつける子供もいて、あたりは一段と騒がしくなりました。新天地を挟むふたつの通りに野次馬の影が増えてきます。子供たちの正体が戦災孤児なら、いつも自分たちを手荒く取り締まる警官に、白い目を向けるのは当然かも知れませんが――。

それにしても、誰が間合いを見計らって合図したのでしょう。

イヤもう、いざというときの逃げ足の速いこと。

「ズラカれ！」

つい今まで摑み合いをしていたはずの連中が、リヤカーも大八車もその場に放り出して、仲良く駆けだしたのには、犬飼刑事たちも面食らいました。中には「こら待て」とわめいて追いかけた刑事もいましたが、後の警察官は台風一過の思いで見送るばかりです。

――ここで犬飼さんは、我に返りました。

二十面相はとうとうこなかったし、映写室に上がったはずの伊藤氏まで、あれきり顔を見せません。これほどの騒ぎが聞こえなかったはずはないのに……。

全身に冷水を浴びせられた気分の、刑事でした。

まさか二十面相が、騒ぎに乗じて取引を終えていた？

ものもいわずにモギリを駆けぬけた犬飼さんは、階段を二段ずつ飛び上がって、映写室にはいりました。

そこには――伊藤さんが倒れていたでしょうか。

イエイエ、誰もいませんでした。

テーブルの上には唐草模様の風呂敷が拡がっていますが、包まれていた屏風は影も形もないのです。見回してもそれらしい寸法の屏風がはいるスペースはどこにもなく、それどころか映写室に上がった伊藤氏までが消えていました。

「バカな！」

荒れ果てたコンクリートの床に、犬飼さんは棒立ちのままです。その彼の耳に遠くから流れてくる、物売りの若々しく張りのある声。

「竹やー竿竹《さおだけ》ー……エー竿竹はいらんかねー！」

まるで刑事をからかうような調子だったということです。

怪盗と屏風絵が消えたわけ

明智探偵と小林少年のその夜の宿は、名古屋城二之丸庭園に建ち並んだ平屋建ての一軒です。もとは陸軍歩兵第六連隊の兵舎だったものが、敗戦処理のひとつとして一部を県警の官舎にあてたわけです。

官舎内の共同施設で食事を終えると、犬飼刑事が待ち構えたようにふたりの宿を訪ねてきました。

「教えていただきたい」

兵隊言葉も忘れて、刑事さんは単刀直入でした。

現場を視察した帰り道、犬飼刑事に先生が囁いていたからです。

「消えた屏風のことでしたら、見当はついていますよ。よかったら後で」

犬飼さんが愛知県警に奉職したのは十年前といいますから、捜査のベテランとして新天地通りでは現場の指揮をとる立場でした。

「その私が、今もって絵を盗まれた経緯不明とあっては、みんなに顔向けできません」

愛想はないけど人柄は真面目《まじめ》なのでしょう、民間の探偵を嫌う警察官がいる中ではしっかりした考えの人でした。明智探偵もそれを見抜いたとみえ、率直に自分の推理を話そうと考えたに違いありません。

むろん県警も躍起になって事件後の探索につとめましたから、この時間になると大部分の真相はわかりはじめています。

騒ぎを起こした子供たちは、犬飼刑事たちが想像したように、名古屋駅とその西に広がる闇市から集められた戦災孤児でした。驚いたことに彼らは十分なお給金を与えられて、計画に参加していました。率いたのは二十面相の配下と名乗る少年だったといいます。孤児たちは口々に、彼を褒めそやしました。

「はじめから俺たちを仲間扱いして、うまいものを奢《おご》ってくれたぜ。とても話のわかる兄ちゃんだった」

「歌がうまくて、日本の童謡から外国の歌までよく知ってた」

そんな若者——というより子供が、二十面相の仲間にいるのでしょうか。もちろん小林くんには心当たりがありました。

(あいつだ……ぼくの偽者だ)

二十面相本人は今朝まで東京にいたのですから、その意向を酌んで名古屋へ先に出かけたのが、偽小林少年だったと思われます。

では当の二十面相は、いつからこの事件に加わったのでしょう。なんと犬飼刑事たちの前へ三輪トラックを運転してきて、映写室へ屏風を運んだ伊藤家の三代目こそ二十面相で、もちろん足をひきずったのも見せかけでしょう。

「本人を眠らせてスリ替わったのは、屏風を点検しようと当主が土蔵に赴いたときだった……鼾をかいている三代目が見つかりましたよ。では奴がいつ名古屋に着いたのか国鉄に問い合わせてもわからんのです。この時節に臨時列車など出るはずもなく、貨物列車は運休に次ぐ運休のていたらくでして」

ぼやいた犬飼さんは眉間《みけん》に縦皺《たてじわ》を寄せたきりです。食料事情のせいで痩せた人が多いのですが、刑事さんは色が黒いからゴボウそっくりだと、小林くんは失敬なことを考えてしまいました。

「疑問の第二は、もちろん屏風がどこへ消えたか、です。われわれの前にわざわざ姿を見せた二十面相ごと煙のように消え失せた！」

眉間の皺は深くなるばかりです。

いうまでもなく、映画館の前に残された大八車とリヤカーの荷物は徹底的に調べられたのですが、どれもこれもそのあたりから失敬したような代物でした。

「それでも屏風の大きさや形に似せています。ガラクタと思わせて実は看板の間に挟んだのではと……笑わんでくれよ、坊主」

ゴボウ刑事に睨《にら》まれて、小林くんは首をすくめました。そんなつもりはなかったのですが、つい笑顔になったとみえます。

「ごめんなさい……でも、そのガラクタは子供たちがわざと残して行ったんですね。それではいくら検《あらた》めても見つからないと思うんです」

「実際に屏風は消えたんだよ、キミ！」

今にも犬飼さんは癇癪《かんしゃく》を起こしそうでした。

「屏風ではないでしょう？」

小林くんに念を押されて、刑事さんはポカンとしました。

「二十面相が一万円で買うと約束したのは、屛風絵でしたから」

「おなじことじゃないか」

「おなじではないと、ぼくも思うな」

突然明智探偵がいいだしました。

「屛風の枠は近年の新調だから価値はない。国宝クラスなのは南蛮船の絵ですからね。絹布に墨で一気に描かれたものと、ぼくは聞いているんだが」

「それはその通りです……しかし、映写室に運ばれたときは、間違いなく屛風そのものでした。心配した店員たちが風呂敷に包んで、車に載せるところまで見届けたのですから」

「そう、風呂敷に包んだときはまだ屛風の形をしていた……だが土蔵の中で二十面相が枠から簡単に絵を外せるよう細工していたら、どうです。絵のない屛風は、ただの板と棒の集合体に過ぎませんよ」

「……」

刑事は黙り込みました。

「そんな材木や木切れなら押し込む場所がありましたね、映写室に……どうですか」

明智先生は穏やかに――いくらか気の毒そうに、犬飼刑事に問いかけました。

「そ……それは確かに……すると肝心の絵は自分の体にでも巻いて……あっ」

刑事さんが目を剝《む》きました。

「あいつだったのか！」

「あいつって、誰ですか」

小林くんに尋ねられた犬飼さんは、今にも自分の歯を嚙み砕きそうな形相です。

「子供たちを追っていったあの刑事……あれが二十面相だったのか！　騒ぎの間に映写室から下りて、もみあう中へ紛れ込んだ。その前に伊藤社長の扮装《ふんそう》を解き、屛風から絵を剝がして体に巻き付けて……」

「半分は当たっても、後の半分はどうかな」

明智先生が小首を傾《かし》げました。

「二十面相は痩せぎすな男だが、三代目の伊藤氏はどうでしたか」

「そ、そうですね」

宙を睨む目つきになって、犬飼さんは答えました。

「やはり細身の紳士風でした……なるほど、あの体つきで幅三尺の絵は隠せないか……すると絵はどうやって？」

「えっと。映写室なら別の出口があったんじゃないでしょうか」

おずおずという小林くんを、刑事さんがふしぎそうに見つめます。

「そんなものはないよ。モギリに下りる階段だけだ」

「でも映画を映す穴があるはずですね」

「そりゃあ客席に向いた穴ならある。椅子も舞台も焼け焦げたままだが」

「絵の絹布を棒みたいに細く巻いたら、穴を通りませんか」

「なんだって」

「騒ぎの間に場内にいた警察の人も、みんな表に出たんでしょう？　だったら二十面相の仲間が――たぶんぼくの偽者が――穴から落ちる絵を受け取ればいいんです」

「売り物だった竿竹に押し込む……あらかじめ節を抜いておいた竹にね。絵を持って逃げたのは竿竹売りの子供ではなかったかな」

「はあっ……」

犬飼刑事は絶句しました。

平らに屏風に張られていた絵を、細い巻軸の形に変えて竿の中へ隠す。いかにも二十面相がやりそうな目くらましではありませんか。小林くんは驚きながらもなるほどと思いましたが、刑事さんはじかにその耳で竿竹売りの声を聞いたのですから、感心するより腹の立つ方が先でした。

「畜生め！」

思わず歯を剝き出して、目の前の明智探偵に気がつき首をすくめました。

「なに、今のは単なる推測だからね」

探偵に慰められても落ち込んでいましたが、やがて気を取り直したようです。

「まだ、最初の疑問の解答を頂戴しておりません。それについて先生は、どうお考えでしょうか」

犬飼さんも明智探偵を「先生」と呼ぶようになりました。

「それはもちろん、鉄道を使ったと思うんだが」

「しかし申し上げたように、そんな時間帯に東京を出て名古屋に着く長距離列車はございません！」

ウンウンと、小林くんもうなずいています。鐵道局の『時間表』にも交通公社の『時刻表』にもないことを確認しているのですから。

探偵はあっさりといいました。

「『時刻表』にない列車が走っているとしたら？」

「えっ」

刑事さんも小林くんも目を丸くしました。

そんな無茶な！

すると先生は、少し悲しそうな顔で説明してくれたのです。

「日本人では乗れない長距離旅客列車が走っているんだよ」

焦土を疾駆する優等列車

明くる朝の東海道本線です。

八時二十一分名古屋発、明智探偵と共に列車番号30の上り東京行きに乗った小林くんは（豊橋《とよはし》までは連結器の上、そこから浜松《はままつ》まではトイレの中という有り様です）、途中で明智先生に教えられて、その列車を発見しました。

狭いトイレに明智探偵と小林助手それに大人の男性たち、合わせて四人がギュウ詰めで喘《あえ》いでいたら、掛川《かけがわ》駅の下り線ホームを進駐軍専用列車『ディキシー・リミテッド』が、颯爽と走り去ってゆく姿を見送ることができたのです。

チョコレート色の塗装はおなじでも、窓枠の下に描かれた白帯が陽光を跳ね返して輝くばかりでした。途中からは夜行となって博多まで直通する優等列車、そして明智探偵が話したように、『時間表』にも『時刻表』にも掲載されることがない列車。一等寝台車・二

等寝台車・二等座席車・食堂車・小荷物車……どの車両も磨き抜かれて新調どうように見えました。

「戦時輸送には使い道がないからと品川《しながわ》操車場に留置されていたんだ。そいつを大井《おおい》の工場に運び、修理した上で編成したそうだよ」

静岡駅でやっと座席にありついたふたりは、さっき目撃したばかりの専用列車を話題にしています。小林くんの鉄ちゃんぶりを知る明智先生の大サービスでした。

「食堂車もついていましたね！」

「さすがに目がいいね」

微笑した明智先生は、ポケットから出したパイプを銜えました。

「米軍には大型の冷凍庫があるから、ビーフやポーク、チキン、鮮魚がフリージングされているらしい」

「すみません、牛と豚はわかるけど、フリージングってなんですか」

「冷凍のことだね。冷蔵と違って長期間食品を保存できるし、解凍後の味も変わらずにすむ。いずれ日本にもはいってくる技術さ」

「へえ……よくわからないけど凄いですね」

「食パンはまだ進駐軍の好みに合う製品が日本にないから、東京や横浜に入港している補給艦で焼いて、品川まで運んでいるらしい」

「先生、よく知ってる！」

鉄ちゃんの小林くんも圧倒されました。

「なに、こないだ弓削さんに聞いたばかりなんだ」

太田垣美術店の事件に立ち会った警視総監です。大阪へ急な出張が決まったため、乗車する列車を探していたといいます。

「進駐軍の列車はどうかと交渉したが、ダメだったらしい」

「総監閣下でも乗れないんですか、気の毒に。アレ、でも先生の推理だと二十面相は、その『ディキシー・リミテッド』に乗ったんですね。東京駅九時三十分発だ、そうなんでしょう」

確かにその時刻なら銀座で犯行を終えた後でも、二十面相はゆうゆう名古屋での犯行に間に合ったはずです。明智探偵はパイプを手にしてにこやかでした。

「ホウ、なぜ列車のダイヤまでわかったんだい、小林くん」

「ハイ。こないだまでその時刻に急行列車が走っていました。でも昨日見た『時刻表』では運休となっていました。それならスジは空いていたはずです」

汽車好きの少年ですから、鉄道用語の「スジ」を知っていました。

列車の運行時刻をなぜダイヤと呼ぶか、ご存知ですか？　時刻と駅をグラフで表示した列車運行の様子が、交錯する斜線でダイヤ模様に見えるからですね。時刻表では一本の列車が一本の線で表現されるので、これをスジと呼ぶわけです。

「だからその空いたスジを使って、進駐軍の列車を走らせているんです」

「その通りだよ」

もう一度パイプを銜え直した先生は、両手でそっと拍手してくれました。

「だが日本人は乗れないんだ、『ディキシー・リミテッド』に。さあ、二十面相はどうしたかな」

ちょっと意地悪な質問でしたが、その答えも小林くんは用意していました。

「アメリカ軍の将校に化けるくらい簡単です、あいつなら」

「ウン、行きはそうだろうね。だが帰りはうまくゆくかな？」

そんな質問がくるとは考えていなかったので、小林くんは首を傾げました。

「どういうことでしょう」

「犬飼くんの話では、竿竹を売っていた少年も二十面相どうよう姿を消している。行きはひと足先に名古屋へ行っていただろうが、帰りはいっしょだったと思われる。だがそうなると……？」

「あ、進駐軍に化けられませんね！」

小林くんの偽者になったくらいですから、ノッポばかりの進駐軍兵士に変装するのは無理な話です。

「ウーン……どうやって誤魔化したんだろう」

明智先生が助け船を出してくれました。

「動体視力のいいきみだから、『デイキシー・リミテッド』の編成はのこらず読み取れたんだろう？」

「はい、そのつもりです」

「食堂車の隣にどんな車両があったかわかるかい」

「えっと……」小林くんはおでこに皺を集めました。

「なんだったかなあ……そうだ、空っぽでした……でもカラの車を連結するはずないし……なんだか壁がキラキラしていましたよ。モールだの星だの色とりどりに飾りつけられて……学芸会の舞台みたいでした」

先生は笑いながらも拍手を送りました。

「大した観察力だよ。それはクラブカーなんだ」

「……クラブですか？」

残念ながら小林くんの鉄道知識に、そんな車両はありません。

「外国映画に出てくるじゃないか。楽団の演奏で歌手が歌う。それをバックに客がみんなで踊る。そんな社交場のシーンを」

「はい……」

まだピンとこない少年に、先生が解説を加えました。

「『オリエント・エクスプレス』は、聞いたことがあるだろう」

そこで少年はアッと声をあげたのです。

「あの豪華急行列車！　汽車の中でピアノのコンサートや舞踏会が開かれる……それがクラブカーなんですね！」

現実の小林くんは満員鈍行長距離列車に揺られていますが、おなじ国鉄のおなじレールの上を、そんな夢のような車両が疾走しているなんて、考えたこともありませんでした。

「楽団や歌手には日本人を雇っている。……その中に、二十面相ときみの偽者が紛れ込んだとしたら……どうだい？」

二十面相のことです、楽器のひとつやふたつはプロなみにこなすでしょう。でも偽の小林少年はどうでしょうか。

「ぼくはね、きみの偽者は女の子ではなかったか。そんな気がしているんだ」

「ぼ、ぼくに女の子が化けて」

目を丸くした小林くんに、ラシャの端切《はぎ》れで丁寧にパイプを磨きながら、明智先生はいうのです。

「偽の小林くんに会った羽柴さんが仰ったよ。リンゴのような頬の可愛い子だった……自慢じゃないが、小林くん」

「ハイ？」

「きみみたいに可愛い男の子が、このご時世にそんな大勢いるとは思えないからね」

「……ハア」

真っ向から褒められた（のでしょうね？）小林くんは、俯いてしまいました。

「女の子ならクラブカーに出演できただろう？」

小林くんが顔をあげました。

そうか……そういえば、この間だってぼく、女の子に化けたもんな。

「歌の上手な可愛い女の子であれば、大手をふって出演できる。進駐軍にとっては日本で有名かどうかなんて関係ない。伝さえあればＲＴＯは喜んで採用すると思うよ」

ＲＴＯは進駐軍の鉄道輸送司令部の出先として全国に配置され、鉄道輸送の要となった機関です。

「そのあたりの駆け引きは二十面相ならお手の物のはずだ。身軽さを考えると、あいつがショービジネスの世界にいた可能性は高い」

明智先生の頭の柔らかさに、小林くんは感心しました。

時期は少し遅れますが、のちに大スターとなるジャズ歌手の江利《えり》チエミは、おなじコースを辿ってスター街道に躍り出るのです。

「口惜《くや》しいけど真似《まね》できませんね。ぼくが歌えるのは、童謡か軍歌くらいです」

正直なことをいうと、明智先生は大笑いしました。

「それできみはいいんだよ。……どうだね、他に気になることは？」

「ええと。二十面相は一万円払うといっていましたね。それはどうなったんでしょう」

「犬飼さんに聞いたよ。土蔵で眠らされていた三代目伊藤氏のおでこに封書が貼ってあったらしい」

「へえ！　その中に一万円がはいっていたんだ」

見たこともない大金です。妙なところで義理堅い怪人ですから、約束に従ってお金をのこしていったと思ったのですが――。

「そうじゃなかった。封筒にはいっていたのは、請求書だった……人質の身代金として、金一万円を請求する、だそうだ」

「人質といっても、伊藤社長はちゃんとそこにいたんですよね？」

「ああ。さらに領収書もつけてあった。確かに身代金一万円を頂戴した。ただし屏風絵の代金と相殺する、あしからず、とさ」

あまりの勝手な言いぐさに、小林くんはつい笑いだしてしまいました。

「やらずぶったくり」という言葉がありますが、まさしくその通りの図々しい二十面相だったのです。

笑った後でなにやらおかしな気がして、少年はフッと窓の外を流れる風景に目を移しました。

(二十面相は、また明智先生と直接戦えなかった。先生が帰国してから一度も正面切って手合わせしていない。戦争前はあれほど火花を散らした二人だったのに……繰り返されるスレ違いに、なにか意味があるんだろうか)

口笛を吹く二宮金次郎

それからひと月近くたちました。

小林くんが通っている中学は、まだバラック同然の校舎でしたが、新学期早々見覚えのある同級生が、次から次へと疎開先から帰ってきて教室は賑やかになってゆきました。

その中で白石《しらいし》くんは、小林くんどうよう終戦までつづけてクラスに在籍したひとりです。耳のいいのが自慢で、戦争中はB29の爆音を一番に聞き分けました。戦争も終わりごろになると、情報も混乱して空襲警報より早く敵の編隊が現れたりするので、先生までが白石くんの耳を頼りにしたくらいです。

「オレ、人間聴音機だ」

威張っていた白石くんでしたが、この日に限って妙に真剣な顔つきで、小林くんに声をかけてきました。

「綾鳥《あやとり》学園を知ってるだろ」

赤坂《あかさか》から四谷まで広い敷地のあった私立学園で、授業料が日本一高いことでも有名でした。

「それがどうかしたの」

「オレの家、その近くにあるんだ。壕舎《ごうしや》だけどさ」

疎開しなかった白石家は、紀尾井町《きおいちよう》のお屋敷が丸焼けになったあと、土蔵を改造した仮住まいで雨露を凌いでいました。白石くん本人は「オレのうち壕舎だぞ」というのですが、下町の人たちがいう「壕舎」とは、そもそもまったくモノが違います。冬暖かくて夏涼しい二階建てですから、小林くんは「豪奢《ごうしゃ》」の間違いだろうと笑っていました。

戦争が終わって一年近い時間が流れています。二度とB29の爆音を聞くこともないと安心したせいか、教室では自分の家の被災自慢が交わされるようになりました。

「俺は位牌《いはい》を持って逃げる役だった」

「気がついたら防空頭巾、三分の一焼け焦げてた」

「焼跡に金庫だけ残ったから、喜んで触ったら大火傷《おおやけど》した」

去年の三月十日に無差別爆撃をうけ一夜で十万の死者を出した下町に比べ、山の手のお屋敷育ちの生徒たちは、余裕で空爆の恐怖を話のタネにしています。

ほとんどが疎開していたので空腹の辛さは知っていても、実際に焼夷弾や爆弾相手に奮闘した体験のある生徒は少数派でした。

小林くんと並んで白石くんは少数派のひとりで、炎の旋風にまきこまれて命からがら千《ち》代田《よだ》城の外濠《そとぼり》に飛び込んだそうです。

見渡すかぎり焼け野原になった町で壕舎といえば、例外なく防空壕《ぼうくうごう》に焼けトタンをかぶせた代物ですが、四谷から赤坂にかけての焼跡では、いくらか様子が違っていました。ある家は焼け残った金庫室に住まったり、堂々たる門構えを利用して板壁を張った小屋にしたり、中にはお寺の鐘楼に巣籠もりする変わり種もありました。そんな中でこの冬をぬくぬく暮らした土蔵の白石くんは、一流？の壕舎生活というわけです。

その白石くんが、綾鳥学園の名を持ち出しました。

授業料が高いと評判の小中一貫教育の女子専門学園で、理事長の春江《はるえ》女史は四谷剛太郎《ごうたろう》のひとり娘です。ちょうど一年前には広壮を誇った校舎も焼け落ちてしまい、今は東京西郊に新しいキャンパスを工事中のはずですが、それ以上のことは小林くんも知りません。

「あそこの二宮金次郎《にのみやきんじろう》の像……有名だったよな」

「知ってるけど、爆風で倒れたんだろう」

戦前の国民学校には、判で押したように二宮金次郎の像が建っていました。ご存知ですね、薪《たきぎ》（正しくは柴《しば》だそうです）を背負って歩きながら本を読んでいる少年の立像を。長じてから諸藩の財政を立て直した事業家尊徳《そんとく》翁の若いころの姿が、刻苦勉励のシンボルとして子供たちの鑑《かがみ》とされていたのです。

私立の綾鳥学園にも金次郎像があり、とりわけ立派でした。中等以上の女子教育を目的に設立された学園ですが、親に向けてアッピールする狙いもあったのでしょう。

サイズは等身大ですが、ただの石像ではありません、彩色もされ着物や柴の質感まで吟味された凛々《りり》しい美少年の面影が、通学する少女たちの間で憧れの的だったそうです。残念ながら像は空襲で爆風を食らって台座から落ちてしまい、読んでいた本もろとも左右の手は肘から先が吹っ飛んでいました。今ではむなしく塀と台座の間に横倒しとなったままなのです。

「そいつがさ、……」

大真面目な顔で白石くんが告げました。

「昨夜の十時ごろ、口笛を吹いていたんだ」

「えっ」

小林くんは目をパチパチさせました。

「だって金次郎は横倒しなんだろう」

「そう。横になった恰好《かっこう》で口笛を」

小林くんは目を丸くしました。

「きみ、それを見たのか」

「見た……というよか聞いた」

それで小林くんは思い出したのです。白石くんの耳がいいことを。

彼なら空耳だったとは思えないし、そんな途方もない嘘《うそ》をつく少年でもありません。育ちがよくて臆病なところはあるのですが。

彼の家——というか土蔵があるのは綾鳥学園のすぐ近くでしたが、なぜ夜遅くになって学園を覗き込んだのでしょうか。

聞いてみると、焼け残った学園の煉瓦塀に沿って、弟とキャッチボールをしていたそうです。

「そんな時間に？」

ふしぎそうな小林くんに、白石くんが説明しました。

「いや、キャッチボールしたのは、まだ日がある内だよ。弟の奴、運動神経が一本切れてるもんで、ボールを弾《はじ》いてしまった」

そのボールが、学園に飛び込んだそうです。

「焼跡の小屋で、番人が目を光らせているんだ。いつかもボールを逸らして、こっぴどく叱られてさ。それで暗くなってから捜しに行ったのさ。ボールなんてそう簡単に買えないもんな」

爆撃で傷んだ塀はところどころ崩れて、潜り込める隙間もありますが、白石くんは西門から学園に忍び込んだそうです。

塀の間近に金次郎が倒れていました。筒袖にたっつけ、柴を背負った前髪立ての少年が、脛《すね》の半ばまで帆布らしい丈夫な布に覆われて動きません。工事の残材が集めてあるのでしょう、小さな山のようにかかった帆布の裾が、金次郎の足元を隠していたといいます。

ボールは台座の一隅に転がっていました。

白石くんから正確な方位を聞いた小林くんは、頭の中にキャンパスの地図を描いてみました。

鐘楼みたいに末広がりの台座は四角く据えられています。その北東の角でボールを拾い上げた白石くんは、這《は》うような姿勢でバック――つまり西にむかって移動したわけです。

少年の目に帆布の山が映ったとき、

「口笛が鳴ったんだ!」

白石くんはいいました。全身が凍りつくかと思ったそうです。

「ピーッという甲高い音だった……」

「まさか」聞かされた小林くんも、顔を強張らせました。

「風の音を聞き間違えたんじゃないの」

「全然違うよ。……強いていえば金属がこすれ合うような」

「じゃあそれだ」

「金属なんてどこにもない」白石くんは、小林少年を睨みました。確かにそうでしょう、戦争で金属という金属は片っ端から国に供出させられていたのです。

「あるのは石の台座だけだぜ」

縦横が二メートル、高さは一メートルくらい、立った少年の胸のあたりまでといいますが、そのときの白石くんに立つ勇気はありませんでした。

「鈍い音がつづいて一度やんだ。それからまた、今度はもう少しカン高い音がさ、ピッ……ピピッ……」

白石くんがおかしな手つきをしてみせます。

「風なんてなかった……月の明るい晩でさ、おまけに」

ゴクンと唾を呑み込みました。

「もう一度転がってる金次郎を見直して、それで気がついたんだ。金次郎が履いていた草鞋《わらじ》の裏が見えた」

「草鞋が……おかしいな」

「そ、そうなんだ、ついさっき見たときは脛まで帆布をかぶっていた。それなのになぜか、足元まで見えたんだよ!」

「……」

さすがの小林少年も、友達にかける言葉を失いました。

月光をうけて濡《ぬ》れ濡れと光る瓦礫《がれき》と雑草。その間に倒れている金次郎。——白石くんの言葉を真にうけるなら、石像が身じろぎしたとしか考えられません。なるほど、生きて動く金次郎なら、口笛くらい吹くでしょう。

中学生にしては大人びた印象の白石くんが、話すうちに目を据わらせてきたではありませんか。聞いていた小林くんまで、うなじのあたりがヒンヤリとしてきたのです。

少年探偵の張り込み計画

その小林くんは今、学校から家に帰る途中です。

物事を合理的に突き詰めて考える少年でしたから、大前提として、まず金次郎が口笛を吹くはずがないことはわかっています。では白石くんが体験したおかしな出来事を、どう解釈すればいいのかと、頭のシンが痛くなるほど真剣に考えつづけました。

中学は青山《あおやま》一丁目交差点からホンの少し信濃町《しなのまち》寄りです。麻布龍土町までつづくゆるいカーブの下り坂を、ひと足ごとに熟考して行く小林くんでした。

こんな熱心に白石くんの怪談と取り組んだのには、実はわけがあります。

一昨日《おととい》の午後のことです。おなじ時間に下校してきた小林くんが明智事務所に着く少し前、一台の黒塗りの自動車が霞町交差点をこちらに折れて走ってきました。

「立派な車だな。進駐軍かな」

そんなことを思っていたら事務所のすぐ前に停まったので、オヤと思いました。車を降りたスーツ姿の運転手が、後部席のドアを開けると、優雅な仕種《しぐさ》で狐色《きつねいろ》のハーフコートの女性が現れたのです。コートの下は高そうなスーツで全身を固めています。

クローデット・コルベール主演の『淑女と拳骨《げんこつ》』という近日封切の映画のポスターを見ましたが、こんな人を「淑女」というんだろうか……でも顔とスタイルは「拳骨」と形容した方がよさそうだ。

失敬なことを考えていたら、彼女と秘書らしい運転手は、もと矢島家につくられた明智探偵事務所の玄関をはいったではありませんか。わっ、ウチのお客さんだ!

あわてた小林くんは、裏口として使っている古い入り口へ駆け込みました。改築したお隣は明智探偵の応接室や書斎や寝室に、水回りを境にして、明智家の茶の間だった場所が小林くんの縄張りになっています。

お茶の用意を調《ととの》えた小林くんがしずしずと応接室にはいってゆくと、意外にも客の淑女は憤然と立ち上がったところでした。尖《とが》ったデザインの眼鏡が、今にも鼻から落ちそうな勢いです。

「お願いできないのなら、帰りますよ」

真《ま》っ赤《か》な唇が生き物みたいに蠢《うごめ》いて、小林くんは立ちすくみました。そんな少年を彼女は見向きもしてくれません。

「なんならお礼を倍にするけど、それでもおイヤなの」

パイプを磨いていた明智先生が、ポツリと答えました。

「そのお言葉を聞いただけでも、お断りする理由になります」

「わかりました。よくわかりました。……わざわざ私が出向いたというのに、なんてことかしら。溝沼《みぞぬま》、ゆくわよ！」

女の人にしては背が高いと思いましたが、履いていたヒールが高いせいみたいです。小林くんは急いでお茶をすすめましたが、淑女の、イヤ拳骨女史のご機嫌の悪さったらありません。

「そんなもの飲めますか！」

カツン、カツン、硬いヒールの音を残して、狐色のコートが翻ります。その後を溝沼運転手がペコペコ頭を下げながら追って出てゆくと、応接室はにわかに静かになりました。

苦笑した明智先生が、ポカンと立っている小林くんに声をかけます。

「ご苦労さま。……お茶はきみが飲めばいい」

「あ……ハイ」

玄関といってもガラスを枠で囲った扉だけなので、走り去る車の排気音が黒煙といっしょにはいってきそうです。

「仕事のお客さまだったんでしょう?」

「向こうはそのつもりできたんだが、あいにくうちには合わなかった」

「断ったんですね」

ちょっとがっかりしました。今月になってまだ一度も探偵事務所らしい仕事をしていなかったのです。それでも明智先生は笑い飛ばしました。

「仕事にはいってから喧嘩別れするよりずっといいさ」

「どんな用件だったんでしょう」

「あの女性は、綾鳥学園の理事長なんだ」

「ああ、戦前から紀尾井町にある……」

「そう。その学園が秘蔵している貴重な神像を頂戴する。そう二十面相から予告があったらしい」

「二十面相ですか!」

小林くんはびっくりしました。相手が二十面相というのなら、明智探偵としては待ちに待った真っ向勝負の相手ではありませんか。でも先生はいいました。

「綾鳥学園を設立したのが誰か、知ってるかね。四谷剛太郎氏だよ。さっきの女性は四谷氏のひとり娘で春江さんだ。綾鳥学園の理事長を務めている」

あっと思いました。四谷剛太郎なら、先生が復員してくる直前に秘書を介してではあるけれど、二十面相と戦った相手です。

しかも——読者諸君はご承知かもしれませんが、そのときの小林くんは二十面相と手を組んで、葛飾北斎《かつしかほくさい》の名作を賄賂として進駐軍の高官に進呈しようとした四谷の企みを妨害してやりました。

「綾鳥学園は戦時中にシンガポールに照南《しょうなん》学園を設立して、マレーシアやインドネシアの貴族や富豪の子女を対象に、生徒を募集していた」

シンガポールを占領した日本軍は、名前を「照南」と変えさせています。国民学校の生徒だった小林くんは、ふしぎな気がしました。

「昔からの名前を、勝手に変えてもいいんですか」

先生に質問したら、大声で叱られたのです。

「大東亜《だいとうあ》共栄圏に晴れて参加できたんだ。現地民は大喜びしている！」

(阿片《あへん》戦争で香港《ホンコン》を領土にしたイギリスでも、香港の名前は変えなかったのに……いいのかなあ)

そう考えたのですが、先生が真剣に怒るのでそれ以上尋ねるのはやめました。

敗戦後の大人はそんなことを忘れていますが、そのときも今も子供の小林くんは忘れることができません。

明智先生は煙の出ないパイプをゆったりと銜えました。なにやら超越したような面持ちで、こう説明するのです。

「二十面相の狙いは、学園が内地に持ち帰った神像のガルーダだ。信仰の対象として現地で名高い鳥の顔をした像だね。相手が二十面相なら、ぼくは間違いなく飛びつくだろう。そんな口ぶりの理事長だった。お金ならいくらでも出す、そんな風にも聞こえたね。だからぼくは尋ねてみた。警視庁に相談したんですかと。たちまち春江女史はイヤな顔をした。『警察に頼むくらいなら、この事務所には参りません』といって……それでぼくは断ったのさ」

小林くんにも、先生がなにをいいたいのかピンときました。四谷のことです、シンガポールから引き揚げるとき、現地の貴重な宝を内緒で持ち帰ったに違いありません。だから正々堂々と警護を依頼できないのでしょう。

事情がわかって、小林くんも諦めました。

「それで……例によってあいつは、盗む日取りを予告してきたんですか」

「きたよ。明後日《あさって》だ」

銜えたパイプをふかすゼスチュアだけして、先生は肩をすくめました。

「残念。……うまくもなんともない」

当たり前です。小林くんはクスクスと笑いました。

そんな問答を先生と交わしたのが、一昨日のことでした。

そして、ゆうべになって白石くんが綾鳥学園の怪しい金属音を耳にしたのです……。

坂を下りきった小林くんは、「墓地下」と書かれたバス亭のそばから道を渡りました。

もうここまでくれば、明智事務所は目と鼻の先です。

瀟洒なクリーム色の壁を遠目にして、ようやく少年は考えを纏めました。

……二十面相は、なんだって綾鳥学園に犯行予告をしたのでしょうか。

新聞という新聞が怪盗の予告を書きたてて、二十面相の虚栄心を満足させたあのころとは違います。紙不足で新聞も雑誌もろくに出せないご時世に、いくら怪人が躍起となっても記事が出るかどうかわかりません。

それではなぜ四谷家を警戒させるための予告をしたのか。小林くんが考えた結論は、綾鳥学園に揺さぶりをかけた、というものでした。

二十面相とのつきあいが長い小林くんです。手口をみんなとはいいませんが、ある程度は知っているつもりです。裏も表もあるあいつですから、「盗むぞ、サア用心しろ」という以前に、できる範囲で調べていたに決まっています。もちろん狙いをつけたガルーダが、四谷家のどこに隠されているかも調査ずみということでしょう。

四谷城とまで呼ばれた田園調布《でんえんちょうふ》の広壮な屋敷は被災しており、その跡には小林くんも二十面相もはいったことがあります。あのとき宝が収められていたのは、焼け残った奉安殿《ほうあんでん》でしたが、中身はとっくに二十面相に奪われています。

四谷名義の土地や建物は他にも数多いはずですが、そんな表だった場所に収蔵しているとは考えられません。今の日本で一番偉いのは進駐軍です。最高司令官のマッカーサー元帥が命令すれば、四谷と名がつくすべての財産を丸裸にできる力を持っていました。それなら四谷家は、ガルーダを人知れぬ場所に隠したはずです。ところが怪人はそれを頂戴するといってきました。相手があの二十面相とあっては、四谷もうかうかしていられません。

(ガルーダをどこに隠したか、まず在り処《か》を確かめようとするはずだ)

それが綾鳥学園ではないか。

そう見当をつけた二十面相は、あえて予告して、学園がどう動くか観察しようとしたんだ。これが小林くんの出した結論だったのです。

口笛に聞こえた金属のこすれ合う音が、扉の開閉する音だったとしたら。

小林くんは考えを決めました。

（今夜、金次郎の口笛を聞きに行くぞ！）

綾鳥学園の秘密とは

もちろん小林くんは、明智先生の許可をもらって出かけるつもりでした。ところがいざ事務所に帰ってみると、先生の置き手紙があって『中村くんと会うから、今夜は遅くなる。先におやすみ』と書かれていたのです。

ちょっと出端《ではな》をくじかれましたが、春江理事長の申し入れを断ったくらいだから、綾鳥学園とかかわりたくない先生のはずでした。

だったら自分ひとりで冒険してやろうと、その旨を便箋に書き残した少年は、時刻を見計らって龍土町を後にしました。

服装はいつもの詰襟ですが、背負っているのは機能的なリュックで、探偵団の七つ道具や水筒が、ぎっしり押し込んであります。足元は虎の子の登山靴、鶯《うぐいす》色《いろ》の鳥打ち帽をチョンとかぶったのが唯一のお洒落《しゃれ》でした。

今夜の冒険に愛車の突撃号を使うわけにはゆきません。目的の綾鳥学園まで歩けば一時間の行程でした。学園の敷地は昔の千代田城の外堀に沿って、南北にやや長い矩形《くけい》に広がっています。

ゆうべ白石くんが学園に潜り込んだのは、お堀の側に設けられた西門で、門をくぐるとすぐ右に、金次郎の台座が残っています。像が倒れているのは、台座と塀に挟まれた細長い場所でした。白石くんの目に金次郎の足が見えたのですから、頭が南を向いていることになります。

台座の寸法と人間大の像から推し測ると、金次郎は台座の西南を見守る形の横倒しとわかります。忍び込んだ白石くんは、台座の東西と北の三方向が視野に入ったはずですが、南側だけは見ることができません。

そこで小林くんは、こんな結論を出していました。

(台座の南面に、金属音を発生させるようななにかがある!)

像は口笛を吹かないから、白石くんに見えなかった場所にこそ音源があると、推理したわけですね。

(それならぼくは、台座の南側を観察できる場所に隠れるんだ)

潜り込んだのは西門よりずっと南にある塀の亀裂からでした。ちょうど井伊《いい》家の中屋敷があったあたりです。桜田門外《さくらだもんがい》の変で暗殺された大老はこの井伊家の出身です。もともと紀尾井町という地名は、〝紀〟州徳川《とくがわ》、〝尾〟張徳川、〝井〟伊家の中屋敷があったからついたものでした。江戸時代に遡《さかのぼ》れば、どのお屋敷にも築山《つきやま》や池泉《ちせん》を巡らせた豪壮な庭園が広がっていたことでしょう。おなじ四谷系列でも平坦だった田園調布の本邸と違い、この土地には高低の差があるのです。

焦土と化した今では庭園の面影なぞ微塵《みじん》もなく、台座のあたりに比べ一段低い南側の土地は、焼跡を覆い隠す雑草が胸の高さまで伸び放題でした。中でも帰化植物のセイタカアワダチソウは占領軍みたいに大いばりで勢力を拡げていますが、花期が違うので鮮黄色《せんおうしょく》の花はなく、小林くんは草に紛れて腰を据えました。足元に置いたリュックから取り出したのは、角張った筒のようなものです。少年の手が動くと、その筒はするりと上下に伸び鎹《かすがい》に似た形になりました。これも探偵団の小道具なのでしょうか。

膝立ちの姿勢で段差に向かって前進した小林くんは、やおら筒を持ち上げて下端を目にあてました。段差の分だけ伸びた筒の上端は、台座の南面に向いています。ああ、わかりました。これはきっとペリスコープでしょう。ホラ、潜水艦から鎌首を持ち上げて海上を監視する潜望鏡。あれとおなじ仕組みで、低地の草むらに隠れながら一段高い位置にある台座を観察できるんです。少年探偵団では『偵察鏡』の名前でめいめいが自作している小道具でした。

正面やや左に金次郎の頭が見えています。台座の西南の角へ首をのばす形で、右肩を土につけて横倒しです。今夜も月は明るく、金次郎の頭頂部の中剃りをうっすらと照らしていました。秋なら虫のすだく声がうるさいでしょうが、今は堀をへだてて遠く犬の声が流れるくらいで静かな夜の風景でした。

それっきり小林少年は、まるでセイタカアワダチソウの仲間になったように、ぴくりとも動きません。

わずかに風が出てきました。鼻先で草っぱがそよいでくしゃみを誘われそうになったとき、ピイ……という音が聞こえました。

つづいてピ、ピ、ピ。リズムと抑揚をつけた金属音が軋《きし》み出てきます。

（ああ、やはり……）

少年は息を呑んで、偵察鏡に目を張り付けました。

台座の南面すべてが扉となって地下に沈んでゆきます。あとにポッカリと四角い穴が開き、大柄な男が腰をかがめて現れました。二メートルはありそうな背丈ですが、豹《ひょう》みたいにしなやかな身のこなしで、音ひとつたてずに穴の外へ立ちました。

アメリカ軍の兵士でしょうか、濃緑色《のうりょくしょく》の戦闘服に身を固め、銃身の長い頑丈そうなライフルを携行しています。スコープをとりつけた狙撃銃らしい猛々《たけだけ》しさ。つい今まで最前線にいたような殺気をまとった男が、眼光鋭くこちらを睨んだものですから、少年はセイタカアワダチソウの群落に首を沈めました。鶯色の鳥打ち帽がいいカモフラージュになったはずです。

「OK、マダム」

石のように重い声を背後にかけて、兵士は大股で歩きだしました。その後につづいたのは、見覚えのある四谷春江でした。胸に抱えているのは遺骨箱くらいの大きさで、南国的な文様の布に包まれた四角い箱です。穴を出て地面に立ったとき足をもつれさせた春江女史を、殿《しんがり》に現れたスーツの男が急いで抱きとめました。事務所に同行した運転手の溝沼です。うるさそうにその手を振り払った彼女は、抱えた箱をそうっと撫《な》で回しています。

溝沼が台座の片隅を操作すると、またピイイと口笛めいた音が流れて扉が持ち上がり、完全に穴を塞いでしまいました。

春江理事長はゆっくりとした足どりで、番人のいる小屋へ向かいます。その足元をこまめに懐中電灯で照らしてやる溝沼は、まるで女史の忠犬のように見えました。

(あれ……)

小林くんは目をパチパチさせました。先頭に立っていたはずの兵士の姿が見えません。草を揺らさないよう注意しながら、少年は偵察鏡の角度を変えて、台座の東側——兵士が去った方向に目を凝らします。

それでやっと、みつけました。

高さが腰くらいの焦げた石が、南北に十メートルほどつづいています。よく観察してみると石の手すりみたいです。空襲に遭う前は池があって、そこに橋がかかっていたんだと、小林くんは想像しました。

その手すりの蔭にひそんでいたのです、あの屈強な米軍兵士は。

まさか進駐軍の兵士を正式に雇ったとも思えないので、綾鳥学園が——あるいは理事長の彼女が、個人的に金を出して護衛を務めさせたのでしょう。私的な傭兵《ようへい》ということです。彼が携《たずさ》えてきたライフルの銃身は、手すりに据えつけられていました。銃口は台座の南面をピタリと狙っているようです。

罠《わな》をしかけたんだ。

とっさに小林くんは確信しました。

でも、罠の相手というのは？

いそいで偵察鏡をもとの方角にもどしました。

月明かりの夜、ほのかな光が台座の周囲に満ちています。無音の世界で僅かに動くものがありました。……金次郎です。横たえられた少年の目がゆっくり開きました。

それから上半身を起こしたのです。

左右の手が筒袖の中からニューッと伸びました。空襲で吹っ飛んだはずの両腕が生えている！　金次郎がニコリと笑うと、唇の間から形のいい八重歯が覗きます……。

危うし二宮金次郎

予想していたものの、やはり小林くんは驚きました。

いったいこの金次郎は——いや、金次郎に化けた少年は、どれだけの間横たわっていたというのでしょう。ぴくりとも動かず台座を見守りつづけていたなんて。よく観察すると金次郎は、下半身に帆布の裾がかかっており、その帆布は工事の残材でぷっくりと膨らんでいました。

本物の金次郎像は残材といっしょに隠して、必要なときだけ入れ代わっていたのかも知れません。

それにしてもよくやる……！

呆《あき》れている当人だって仏像に化けて、二十面相を仰天させたことがありますから、どっちもどっちの二人ですけど、見知らぬ少年の替え玉ぶりに、小林くんが改めて舌を巻いたのは事実でした。

見知らぬ少年？

それには違いないのですが、微笑した金次郎の顔はなんだか自分を鏡に映したみたいで（小林くんに八重歯はありませんが）、全身に震えが走りました。

そうだ。こいつがぼくに化けて、羽柴くんのお父さんを騙《だま》したんだ。竿竹売りに化けて、愛知県警の犬飼さんの目を欺《あざむ》いたのも、こいつだ。

銃口を向けられているとも知らず、金次郎は落ち着いた足どりで台座の前に進み出ています。

たぶん彼は横に倒れた姿勢で扉の開閉を見守っていたのでしょう。最後に閉じた溝沼の指の動きで操作の手順を呑み込んだとすれば、大した視力と記憶力です。

だが動体視力なら小林くんだって負けていません。現に今、米兵がホンの少し手すりに乗り出して、狙撃のポーズにはいった様子をはっきり認めました。

射線の延長線上に金次郎がいます。

扉が地面に沈みきる寸前でした。

ぐずぐずしている暇はない！

二十面相の手下である少年を見殺しにする選択肢だって、もちろんありました。でも、そんなことができる小林くんではありません。

偵察鏡を放り出した少年は、リュックから出した丁《てい》字形の金具を兵士に向けました。次の瞬間、あたりが真昼のように白熱化したのです。これは夜間の写真撮影に使うフラッシュでした。

直後に轟《とどろ》いた銃声、だが弾は大きく逸れて煉瓦塀に当たりました。

思いがけぬ光と音にすくんだ金次郎は、小林くんに体当たりされて台座の穴へ転がりこみます——。

そのときにはもう光は、虚空の闇に吸い込まれていました。

すべてはとっさの判断でした。偽金次郎に説明する暇なんかありません、有無をいわせず助けるには、この方法しか思いつく余裕がなかったのです。

悲鳴をあげて小林くんに抱かれるように転げこんだ偽金次郎ですが、銃声を耳にしてたちまち事情を悟ったのはさすがでした。

「助かった！」

偽金次郎はそういいましたが、この後どうすればいいのか、小林くんもそこまで考える余裕はありません。

米兵の角度から台座の中を射撃することはできない、だからあいつが次の狙撃を試みるには、穴の前まで移動する時間が必要なはずです。それに、台座の狭い穴は、きっと地下につづいているでしょう……だから三人がぞろぞろ出てこられたんだ。その想像は大当たりでした。

「うわっ」

「キャア」

足を踏ん張る暇さえなく、小林くんと偽金次郎はものの見事に墜落してゆきます。台座の内部は井戸さながら、地底へつづく縦穴になっていたのです。

それでも小林くんはタダでは落下しません。

(理事長が上がってきたんだ、梯子《はしご》くらいある)

思ったときはもう手をのばして、ガッチリと梯子の横木を摑んだのですが……。

よせよ、ぼくの手を踏むなよっ。

癪《しゃく》なことに偽金次郎は、小林くん以上に身軽でした。左手を梯子の横木にかけて踏みとどまり、右手で懐《ふところ》を探っています。そこまではいいのですが、梯子に乗せた足が思いっきり小林くんの手を踏んづけていたのです。

「いててっ」

小林くんに偽金次郎も気がつきました。

「あ、ごめん」

謝る声をかき消して、頭上を走った銃声！　いうまでもなくあの兵士が撃ち込んできたのです。これでは縦穴から頭を出したとたん、蜂の巣にされることでしょう。

こうなれば縦穴の底へ下りて、逃げ道を探さなくては。さいわい先ほど落下しかけたとき、底をまたぐ道らしいものが目にはいりました。

大して深い穴じゃない……飛び下りよう。

おなじことを考えたのか、偽金次郎が叫びました。

「小林くん、飛び下りて！」

名前を知ってるのは当然にしても、なれなれしい口をきくなよと文句をつける余裕もなく、掛け声抜きでジャンプしました。その勢いで背負ったリュックが大きくはずみ、穴の底で尻餅をついた小林くんです。息つく暇もなく「どいてよっ」と怒鳴りながら偽金次郎が飛び下りてきました。

「逃げろ！」

叫んだ彼は大きく右手をふって、白い筒みたいなものを真上にむかって投げたのです。

驚いて見上げる小林くんの手を掴んで、ひきずるように駆けだしました。筒は爆薬だったのか……。ただならぬ様子がわかって、小林くんも無我夢中です。ふたつの毬《まり》がもつれ合うように、どこへ通じるとも知れない真っ暗な道を走ったとき――。

おそろしい音と地響きがふたりを襲いました。

でもこの時期の少年なら空襲に慣れっこです。素早く両手で耳を塞ぎ目を閉じて、全身を穴の底に投げ出しました。その背めがけて縦穴を突き抜けた爆風が、大槌《おおづち》をふるう勢いで殴りかかってきたのです。

「げふっ」

小林くんが情けない声を漏らしました。

その手首を乱暴に摑んで、偽者が引っ張ります。

「早くっ」

今にも頽《くずお》れそうになるのを我慢して、小林くんも走りました。縦穴の底は木道になっており、細い棒や戸板みたいな平たい板が並んで、思ったほど走りにくくありません。少し駆けたところで立ち止まった偽者が、まだパラパラと土くれが降りつづく背後を見極めようとしますが、周囲は真っ暗に塗りつぶされてしまいました。頭上からかすかに漏れていた光が消えたのは、縦穴が完全に埋まったということです。

暗黒の一本道に、小林くんたちは取り残されました。

この道はどこへつづくのか、外への出口はあるのだろうか。

「……きっと出られる」

偽者の声がすぐ近くに聞こえました。偉いな、こいつ。小林くんはちょっと感心しました。声が震えてもうわずってもいなかったからです。

「そうなの？」

問い返した小林くんだって落ち着いた声です。

「二十面相がそういっていたのか」

「ン、おじさんが」

わあと思いました。

ぼくの偽者ときたら、二十面相を〝おじさん〟と呼んだ！

地の底の逃亡劇

驚きを声に出すまいと、小林くんはゆっくり口を開きました。

「あいつがきみを金次郎にして入り口を見張らせたんだな。だったらある程度、地下のことも調べていたはずだ」

「へえ……」

偽者の感心したような呆れたような声が、もどってきます。

「おじさんがいった通りだ。小林というチンピラ探偵は、なかなか図太いって」

「沈着といってほしかった」

小林くんがいい返すと、偽者は少しだけ笑って、つけくわえました。

「四谷がガルーダを隠していた場所、その先にきっと逃げ道が見つかるって」

「そうなのか」

「おじさんの調べた古地図だと……」

いいかけたとき、縦穴の方向からまた土が落ちてきましたが、さっきと違って人声がかすかに漏れてきたのです。

小林くんが緊張しました。

「学園の奴ら、縦穴を掘ってるんだ。逃げよう」

「了解」

「明かりを点《つ》ける、でもすぐに消す」

「わかった」

明かりを的に追ってこられてはたまりませんから。説明しなくても、偽者は即座に納得したみたいです。

小林くんがリュックから出した懐中電灯は、突撃号の前照灯に使う箱型です。木道の前方に向かって、点けたと思うとすぐ消しました。二十メートルくらい先で木道は終わっていますが、道はずっとつづいている様子で、ふたりは肩をならべて走りました。

靴底の感覚が変わったことに気がつきます。草鞋の偽金次郎はもっと敏感で、正確に木道が尽きた地点で立ち止まり、

「まっすぐでいいんだね？　明かり、もういっぺん」

「ホラ」

一瞬の光が、正面の土壁に嵌め込まれた板戸を浮かび上がらせます。

「あの扉まで行くぞ」

「了解」

ふたりはまた走りました。

口をきくようになって間もないというのに、妙に息が合っているなと、小林くん自身おかしな気持です。

ガツン。「いてっ」

勢いあまった偽者が扉にぶつかりました。

「大丈夫か」

急いで電灯を点けてやると、光の中に白くて丸いものが浮かびました。全力疾走した偽者は、着物の前がはだけていたのです。

「消せよ！」

「わりイ」

スイッチを切った小林くんに、上気した偽者の吐息がかかりました。ちょっと拍子ぬけした気分もあるようで、

「なんだ、驚かないのか」

「きみが女だってこと？　明智先生がそうじゃないかといってた」

「どうして知ってるんだ！」

「それより早く、その扉を」

「お、おう」

ぶっきらぼうに返事した偽者は、手探りで扉を軋ませました。

「開けたぞ」

「明かりを点ける。きみは注意しろ」

「当たり前だ。もう一度見たら、目が潰れるぞテメエ」

口の悪い女の子は、急いで着物の前を合わせています。

それを見計らって灯《ひ》をともすと、土壁をくり貫いた内部は三方がコンクリート壁の、八畳くらいの空間でした。棚が作られ、仕切られた棚板のひとつひとつに、由緒ありげな神像や陶製の壺《つぼ》がならんでいます。見たこともない異国風の文様とデザインの品々です。

「みんな南方から持ち逃げしたんだ」

小林くんが溜息をつきました。その国の人にとってはかけがえのない宝ばかりでしょうに。

背後で、大きな音があがりました。

「奴ら、掘ってる」

偽者の声に、小林くんがあわてて懐中電灯を消します。

それはそうでしょう。秘宝を隠しておいた場所に怪しい子供たちが忍び込んだのです。学園がただちに対策を講じたのは当然でした。

だが、そうなると——？

(他に道がないから掘ってるのかな)

それではふたりは地の底で雪隠《せっちん》詰めです。奴らが下りてきたら、むざむざ囚《とら》われるしかありません。

すると偽者はフッと笑いました。

ましょうか。
――そうそう、いつまでも偽者呼ばわりでは気の毒です。とりあえず少女と呼んでやり

少女は落ち着いた声でいうのです。

「おじさんは調べて見当をつけていたんだ。扉を照らしたとき、左に折れる道があっただろ」

「そうだったか？」

「注意力散漫だな。それじゃテメエは二十面相の手下になれないぞ。いいから照らして、すぐ消せよ」

癪なことをいう少女ですが、喧嘩する暇もないので、いわれた通りの方向を一瞬だけ照らしました。縦穴からここまでの道に比べるとずっと細く、天井も低くなっていますが、確かに地下道がつづいています。

「行こう」

短く叫んだ小林くんにつづいて、少女もダッと走り出しました。一度見たきりの左の道へ突進するのは大変な勇気が必要だったのに、ふたりはまるで百メートル競走みたいな勢いで突っ走ったのです。

足元で水音があがりました。

雨垂れなのか地べたに溜まった水が電灯で光ったのを、ふたりはちゃんと見定めていたのです。そしてその水たまりの先で、穴が右にカーブしていたことも記憶しているのです。

「右！」

「了解！」

九十度近い角度で折れました。

むろんその先も真っ暗ですから、思わず足が止まりそうになりました。とたんにゴチンと音がしたのは、少女がまたなにかにぶつかったとみえます。

「いてえ」

小林くんが手探りしてみると、穴の壁は今度は左にくねるように曲がっていました。

「ああいてえ……明かり、頼む」

「よし」

スイッチをいれると、目もくらむ光が小林くんの手元から迸《ほとばし》ります。

おでこを押さえた少女が、ズレた前髪立ての鬘《かつら》をうるさそうに外すのが見えました。

その下に纏めてあった髪をほどくと、顔の左右に漆黒の髪がふっさりとかかって、外した鬘は懐から出した風呂敷にくるんだ様子です。

光に浮かんだ土壁は手掘りの跡もなまなましく、随所に立つ粗削りな木の柱が天井を支えていました。いったいこの穴はいつごろ掘られたのでしょう。古い坑道みたいに見え、今にも崩落しそうだったので、ふたりは首を縮めて足を運びます。

少し電灯を動かすと光の輪の中で壁の襞《ひだ》が生き物のように蠢き、なんだか怪物の腸《はらわた》を彷徨《さまよ》うような錯覚に陥りました。

そのとき、ふたりが走ってきた方向からどすん、どすんと、なにかがつづけざまに落ちた音が響きました。

「なんだろう」

「飛び下りたぞ」

それもふたり？　早くも塞いだ土を取りのけたと思われます。

急いで電灯のスイッチを切りましたが、わずかに遅かったか、英語らしい言葉が狭い地下道にガンガンと谺しました。

「光を見つけられた」

少女はちゃんと英語を聞き取りました。

発砲したあの米軍兵士でしょう、縦穴の方角でボッと明かりが灯ったのがわかります。

奴らは堂々と懐中電灯を使えるのですから、それだけでも小林くんたちにはハンディがありました。

でも、逃げるといって、どこへ？

「こっち」

囁いた小林くんは、足音をしのばせて早足で歩きはじめました。少しゆくと、「ここで右だ」と指示された少女は驚いています。

「見えてるのか？」

彼女の手をとった小林くんが、自分の持っている杖《つえ》を触らせました。もちろんこれもリュックから取り出した小道具で、登山に使う短いピッケルでした。先端に岩や氷に打ち込む小さな斧《おの》がついています。

柄の部分を摑んだ小林くんが、前方に斧を突き出して探り探り前進していたとわかって、少女は納得したようです。「賢いな、キミ」

テメエ呼ばわりしたりキミといったり、面食らってしまいます。

その間にも、明かりに恵まれた敵は予想以上に早く迫ってきて、小林くんを焦らせました。

「ルック！」

思いがけない近さから、兵士の声があがりました。

「ホワッ？」

頼りなげな英語で応答したのは、溝沼と呼ばれた秘書兼運転手でしょう。

少年少女が足をすくませていると、奴らの電灯が揺れました。

「水だ」

日本語が聞こえました。例の水たまりをみつけたのです。

しまった、と小林くんは舌打ちしたい気分です。水に足を突っ込み右折した自分たちは、これ見よがしに濡れた足跡を残していました……。

奴らの声が途絶え、電灯の光がはっきりと小林くんたちの逃げた道を照らしています。

その光が動きました。

ジャリッ。ジャリッ。軍靴《ぐんか》が土を踏む音が、ゆっくりと、だが正確に、迫ってくるのです。

右手の壁の窪《くぼ》みに身をひそめて、小林くんは敵との距離を推測しました。

あと二十メートル……いや、十五メートルもあるでしょうか？

地下道で兵士と戦う

今から逃げ出しても無駄です。明かりなしで逃げきれるとは思えないし、点けて走ったところで大人の足とでは勝負になりません。

覚悟を決めた小林くんは、わずかな壁の窪みにしゃがみ込んで、体を寄せてくる少女の手をとって、掌《てのひら》に指でこう書いたのです。

〝あ・か・り・を・ね・ら・う〟

意味を読み取った少女はうなずいたようです。くそ度胸が据わってるな、この子。小林くんだって子供なのに、自分のことを棚に上げています。

目の前に光がふたつ近づいてきました。前をゆく兵士の明かりは正面の闇に向けられ、後に従う溝沼の電灯は地面の凸凹《でこぼこ》を照らしています。

光を十分に接近させた上で、小林くんはピッケルを旋回させ、斧の部分を兵士の脛に叩きつけました。

「ぐわっ」

不意を打たれた兵士は、長身を折ってつんのめります。足が長いぶん白人の重心は高いと聞いた覚えがあります。米軍が本土に上陸したときの戦闘術として教えられたことが、まさか役に立つとは思いませんでした。

小林くんの瞬発力は目覚ましく、次にパッと立ち上がりざま溝沼の懐中電灯を吹っ飛ばすと、たちまち明かりは闇に溶け込みました。

だがさすがに兵士はしぶとく、地面に突いた手から懐中電灯を放さなかったのですが、その光の輪に少女の凄い形相が浮かびました。なんと彼女は剝き出した歯を凶器に、兵士の手首に嚙みついたのです。

すげえ……！

まばたきほどの短い時間でしたが、小林くんが息を呑むほどの少女の気迫ですから、敵は吸血鬼に襲われたとでも錯覚したことでしょう。

兵士が放した懐中電灯は軍用の頑丈な筒型です。なにやらわめいて摑み直そうとしたそいつの鼻先で、ピッケルがゴルフのクラブみたいに振り抜かれました。

キーンと鋭い音を残して、筒は遠くに転がってゆきましたが、それでもまだ光は点いたままです。

「畜生！」

光に向けてダッシュした溝沼が、凸凹な地面に足をとられて転倒しました。

手をとりあって、少年と少女はものもいわずに駆けだしました。奴らが懐中電灯の転がった先へ走った、その隙に少しでも距離を稼ぐんだ！

光の遠くなった坑道を死に物狂いで走っていると、聞き慣れない鋭い音が二重三重の谺を伴って、左右の壁を震わせました。それが銃声と気づくより早く、チュイーンと頰を焼く風切音と、ピシッと土壁が削《そ》げ落ちる音が重なります。

一発きりではありません。

二発三発とつづく銃声、耳を塞ぐ間もない山彦《やまびこ》がふたりの逃げ足を萎《な》えさせました。

小林くんのすぐ左で着弾の音が弾けました。木の屑《くず》でしょうか、なにかが飛んできて、少女が小さく叫んだとき――。

ぎいい！

命中したのは地下道の支柱だと、小林くんは悟ります。

ギギギギと木が軋む音、そして土砂が崩れかかる重い音、パシッとなにかが裂けました。

「早くっ」

もう無我夢中です。互いの体を抱え合うようにして、前方の闇に倒れ込んでゆく少年と少女だったのです。

ほとんど同時に、途方もない重量感を伴って地下道の天井が崩落しました。

暗い中で状況の確認は不可能でも、ツンと鼻をつく土の匂い、なによりも頭の鳥打ち帽に、肩のリュックに、のしかかる湿った重量感で否応《いやおう》なくわかります。たちこめる土煙にしばらくは呼吸さえできない有り様でした。

ようやく落ち着いて全身の土砂を払いのけましたが、今まで隣にいた少女の気配が感じ取れません。少年の背中を氷のように冷たいものが駆け抜けます。声をあげてはまずいと思いながらも、つい呼ばわってしまいました。

「どこ！　どこにいるんだ」

答えの代わりに、かすかに聞こえたのは鈴が鳴る音です。

チリン……。

エッ、鈴だって。そんなもの、あの子は持っていたっけか。

暗い虚空を当てもなくまさぐると、今度は鈴ではなく女の子の声が答えました。「ここだよ」

「きみか！」

いったんはホッとしましたが、声は足元から聞こえるのです。がさがさと土を掻く音がして、

「立てない」

少女の土に塗《まみ》れた手が、小林くんの足にすがりつくではありませんか。

その手を頼りに彼女の下半身にかぶさった土を除《の》けてやります。幸い土はそれほど深くなかったので、しばらくがんばると安堵《あんど》の吐息といっしょに、少女は膝立ちの姿勢をとったようです。

「大丈夫……。抜けられたわ」と、声は震えていても懸命に落ち着こうとしていました。

（よかった！）

ホッとしたとたん、小林くんは再び全身を強張らせました。かすかに背後が明るんだからです。

崩れた土の間から漏れた光は、むろん奴らの懐中電灯でしょう。どれだけの土が間を塞いだものか、兵士と溝沼の声がくぐもって聞こえたことから、すぐ突破されるような崩落ではないとわかります。

自分の目で確認できないもどかしさを感じながら、小林くんは少女の肩を抱いたままジッとしていました。

「こりゃあダメだ」

溝沼の嘆息が聞こえます。

「あいつら、潰れたんじゃないですか」

「……」

兵士は答えません。返事の代わりにゴソッと土の掻き出される音があがって、小林くんをまたドキリとさせました。奴はまだ諦めていないのです。溝沼がうんざりしたような声をあげました。

「もういいじゃないか、ミスタ・ウィン」

「サージェント」

応じたのは、怒ったような太い声。

「ソリー、サージェント。……ガルーダも他の品物も無事だったし、あとはお宝を学園本部に移せばそれでＯＫ」

肩の荷を下ろしたような溝沼でした。子供相手の鬼ごっこはこりごりと考えているのでしょう。だがふたりに容赦のない銃弾を浴びせたサージェントは、間違いなく殺しのプロでした。殺さなければ殺される戦場にいたから当然ですが、四谷春江の目に留まっただけあって、優秀な殺人歴の戦士に相違ありません。階級は軍曹で名はウィンとわかりましたが、二度と会いたくない敵だと小林くんは思いました。

……朧《おぼろ》な光と足音が遠ざかり、やがて全く途絶えた後、ふたりに残されたのは完全な闇と静寂の空間でありました。

少女はどこからきたのか

「……いなくなったみたい」

少女が囁きました。追手《おって》はいないとわかっても、つい声をひそめてしまいます。小林くんもつられて小声になりました。

「そうらしいね」

「ああ……疲れた」

今にも座り込みそうな彼女の手を、小林くんがとりました。

「もう少し先に行こう。崩れた場所から離れた方が安全だ」

用心深い少年らしい考えです。

「ウン」

素直にうなずいた——といっても見ることはできませんが——少女は立ち上がった気配でした。活躍してくれたピッケルを前方へ突き出し、おそるおそる前進をはじめた小林くんでしたが、すぐにクスクスと笑いだしました。

「敵がいなけりゃ明かりを点けていいんだ」

小さな弁当箱みたいな懐中電灯のスイッチをいれました。

ああ、そのとたん！　それはなんと素晴らしく頼もしい光だったことでしょう。

目をしばしばさせた小林くんが見回すと、壁の凸凹が怪物や魔神どころか、ありがたいお地蔵さまや観音さまに見えたのですから、我ながら現金だなあと可笑しくなってしまいます。

壁の裾がベンチみたいに盛り上がった場所を見つけたので、いいました。

「ここで休もう」

「ウン」

疲れきっていたに違いありません。音をたててその場に座り込んだ少女は、しばらく壁に背中を預けた後、ボソッと呟きました。

「喉、渇いた」

「ホラ」

ちょうど小林くんもほしかったので、下ろしたリュックから水筒を出したところです。

「先に飲んでいいよ」

「ありがと」

コクコクと嬉しそうに動く白い喉が、明かりの中でよく見えます。

もどってきた水筒で自分も渇きを癒しながら、少女に呼びかけようとして、小林くんは迷いました。

「きみをなんて呼べばいい？　まさか二宮さんじゃないよね」

ケラケラと笑ってから少女が答えました。

「ミツルだよ。柚木《ゆずき》ミツル……柚の木に、ミツルはカタカナ」

「ふうん、ミツルか」

「キミは芳雄だね」

なれなれしく下の名を呼ばれて、「え？」と生返事をすると、ミツルがいいました。

「オレだけ名前で呼ばれるの、不公平だもん。だから芳雄というよ」

明智先生や探偵団のみんなにも名前で呼ばれたことがない小林くんは、ちょっとまごつきました。

「まあ……いいけど」

「けど、なんだよ」

「きみは自分のことオレっていうのか」

「いうよ。オレが多いけど女の子のときは私ともいう」

「女の子のときは？」

「お女郎のときならあたいかな」

「へ？」

「姫君だったらワラワぞよ」

「？」

「若侍なら拙者でござる」

「ちょっと待ってくれ」

小林くんは悲鳴をあげました。

「なんだよ、それ！」

「だから、役によって変わるんだよ、名乗り方が」

「役？」

「そう。あたしのおっ母《か》さんは女剣劇の花形だったんだもん」

これには驚きました。

女性の役者が男を演じて刀を振り回す女剣劇といえば、戦争前に一世を風靡《ふうび》した大衆娯楽の花形で大江美智子《おおえみちこ》や不二洋子《ふじようこ》クラスになると映画俳優を凌ぐ大スターだったのです。

「おっ母さんの劇団は、はるばるサンフランシスコまで遠征して日系移民の間で大受けだった。私はまだ小さかったから、板割《いたわり》の浅太郎《あさたろう》役のおっ母《かあ》におんぶされてさ。国定忠治《くにさだちゅうじ》の台詞『赤城《あかぎ》の山も今宵《こよい》限り』を子守歌代わりに聞いたんだ。もうチョイ育つと『伽羅先代萩《めいぼくせんだいはぎ》』の千松《せんまつ》役で、『お腹がすいてもひもじゅうはない』とか、呂律《ろれつ》は回らなかったけどさ。オンオン泣いたおばさんが、あたいにおひねりをくれたよ。おひねりって、わかるか芳雄。お客さんが紙に包んだチップのことさ」

とうとうとしゃべりだしたミツルの横顔を、小林くんはポカンとして眺めました。

まるで知らない世界ですが、映画が好きな小林少年でしたから、そんな芝居があること
はぼんやりと聞いていたのです。

「森《もり》の石松《いしまつ》なんて、おっ母さんの当たり役だったんだぜ……『おう江戸っ子だってね、ス
シくいねえ』……」

ミツルの手つきを見て、思い出しました。

「そうだ、干し芋食べる？」

「ワッ、食べる！」

ちょっぴりですが携えてきた非常食を渡すと、ミツルは大喜びで平らげて、小さくゲッ
プしています。自分の食べる分はなくなったけど小林くんはニコニコして、そんな少女に
話しかけます。

「……でも戦争になる前に引き揚げてきたんだろう」

「ウン」とうなずいてから、少し間を空けてつづけました。

「それでパパと生き別れ」

「パパって、お父さんか」

「当たり前だろ」

「日本人じゃなかったの？」

「パパは中国系のアメリカ人で、おっ母のファンになって結婚した。おっ母の実家は深川《ふかがわ》の髪結床《かみゆいどこ》で、アメリカ人と結婚するなんて絶対反対だったけどさ」

「……」

「でも国同士の仲が怪しくなったから、パパは私たちを無理やり日本へ帰したの。そしたらパールハーバーだろ、去年の三月十日の下町空襲だろ。おっ母も頑固婆《がんこばばあ》も仲良く丸焼けになっちまった。へへっ、可哀相なのはこの子でござい」

小林くんは言葉もありません。

「ひとりぼっちでおなかが空いて、ついひとさまの財布に手を出したんだ。巾着切りの芝居をやってたから、うまく掏《す》ったと思ったのに……相手が悪かった。ウウン、よかったのかな。おいらの手首を摑んだのはおじさんだったから」

「二十面相なんだ……」

それで話がつながりました。戦災孤児のミツルはこうして二十面相の配下に加わっていたのです。

しゃべり疲れたミツルが口をつぐむと、ずっと遠くからピチョン……と水の滴《したた》る音が届きました。

地下水が落ちているのでしょうか。

それにしてもいったいここは、どのあたりなんだろう。小林くんがそんなことを考えていると、またピチョン……それはまったく、人を眠りに誘うような水音でした。

都心が秘めた迷宮の壁

瞼《まぶた》の裏でなにかが蠢いていました。

なんだろう……ぼくは目を瞑っているのに、それでも視界が明るくなったり暗くなったり。モノが蠢くのではなく、光が変化しているみたいです。

……あ！

明滅に思い当たった小林くんは、跳ね起きました。はずみに腰掛けていた土のソファから落ちて息を詰まらせます。いっしょにカラーンと転げた懐中電灯は、まだおなじペースで明かりを点けたり消したりしていました。

誰もスイッチに触れていないのに？　イヤそうではありません。長い間点けっ放しにされて電池が切れかかっているのです。光の強さは目に見えて衰えていました。

あわてた少年は箱型の電灯をお手玉みたいに一度落としたあげく、やっとスイッチを切ることができました。たちまちあたりは真の闇です。

ああ、しまったしまった……いくら疲れていたからって、虎の子の懐中電灯を点けたまま居眠りするなんて。

弱々しい明滅でしたから、電池の寿命が尽きかけているのでしょう。

この先明かりなしで、どうすれば地上へもどる道を探せるんだろう！

「ウーン……」

ミツルの動く気配がしました。つづいてのんびりした欠伸《あくび》を一発。

「ああよく寝た……芳雄、そこにいるの？　いるんなら明かり点けてよ」

「いるけどさ……」

元気のない声に驚いて、体を寄せてきました。

「しっかりしなさいよ。いいから明かり」

「ちょっとだけだよ」

スイッチをいれて、すぐ切りました。

「もう消すの？　ケチ」

文句をつけてから、ハッとしたみたいです。

「ずいぶん暗い光だったね。電池がないのか」

「ないらしい……」

「じゃあ、どうするの！」

さすがにミツルも声を高めます。とたんに「どうするの……どうするの」と遠くかすかに谺が返ってきて、奥多摩《おくたま》の鍾乳洞で経験ずみの小林くんは、「そうか」と合点しました。

ここは自然の洞窟ではありません。ずっと狭くて、谺もろくにもどらない地下道だと、改めて気がついたのです。

「教えてくれるかい、ミツル。二十面相は地下道のことを知ってたの」

「ウン。古い地図や書類を調べて見当をつけてた。綾鳥学園はその一部を使って、宝の倉庫を設けたんだろうって」

古地図や古書で推測したということは。

暗黒に包まれたまま、小林くんは必死に記憶を呼び戻します。

「ここは紀尾井町だ……徳川の一族や譜代の大名が屋敷を構えていた……千代田城最後の一郭として、抜け穴があっても当然なんだ！」

「コラ、ひとりで合点するなよ」

ミツルが小林くんの体を揺すります。

「どういうことだよ」

「万一落城したときの逃げ道が、地下に用意されていたんだ」

「わかった」と、ミツルもいいました。

「その古い抜け穴が坑道みたいに見えたんだね」

「ということは、この道を行けば外に出られる！」

「じゃあ行こう。イテッ」

急いで立ったものだから、またまた頭をぶつけたのでしょう。

「コブが頭のてっぺんにできた。あたいちょっぴり背が伸びたよ！」

屈託のない少女に煽《あお》られて、小林くんもいつもの元気を取り戻したみたいです。

「よしっ、行こう。少年探偵団バンザイだ」

「なにそれ」

「ぼくたちのことさ。バンザイして自分で自分を励ますんだ……少年探偵団バンザーイ。もうひとつ、明智先生、バンザーイ！」

「おまじないかよ。だったらオレも、二十面相のおじさん、バンザーイ！……ついでに芳雄にもバンザイしてやろうか」

煽られてしまいました。

「……そんなのはいいから、電池をできるだけ節約して、ピッケルを使おう」

「了解」

手探りしたミツルは、小林くんの腕を掴みました。

「なんだよ」

「離れたらどこにいるかわからなくなるからね。芳雄、さっさと歩け」

「わかったよ」

片腕をミツルに預けた小林くんは、もう一方の手でピッケルを突き出して、そろりと歩きだしました。足の下で土が砕けます。

黙って足を運んでいると、前に進んでいるのか足踏みしているのかも、はっきりしなくなりそうです。

「せめて時計だけでもあったらなあ」

ついこぼすと、ミツルはあっけらかんと答えました。

「あるぜ。ホラ」

目の前にかすかに光る数字と動く針が現れて、小林くんをびっくりさせました。

「なんだ、これは」

「夜光の腕時計。おじさんがくれた」

「そんなの持ってたのか……」

今まで彼女の時計になぜ気づかなかったんだろう。あんなに長く偽金次郎を見ていたのに。すぐわかりました。横倒しだったときの偽金次郎は、空襲で吹っ飛んだはずの両手首を、筒袖に隠していたのです。

(当たり前か。金次郎が腕時計してるはずないや)

そう思うと可笑しくなって笑いを堪《こら》えていると、ミツルに催促されました。

「時間はいいのか」

「ごめん。……五時半を過ぎたところだね」

地上でも東の空が白みはじめるにはまだ間があります。

「水の音がすぐそばだ」

小林くんより早く、ミツルが気づきました。

「水が垂れてる……でも、天井からじゃないみたいだ」

宙をまさぐったらしく、その指先が水に濡れた様子です。

「ヒャン」

「おかしな声を出すなよ」

「だってつべたかったんだもん。水が壁から滲《し》み出してるんだ……キャ」

「騒々しいなあ」

小言をいいながらも、闇の中で活気を失わない少女とのやりとりを、小林くんはどこかで楽しんでいるようです。『妖怪博士』事件のときも、小林くんは少年探偵団の仲間といっしょに地の底を冒険していますが、蝙蝠《こうもり》や不気味な蝙蝠の乱舞に肝をつぶしたあのときとは違い、奇妙なピクニック気分に浸《ひた》っているみたいです。

「だって足の下を水が流れてるんだもの」

「さっき滲み出ていた水とおなじだね」

靴履きの小林くんは、気づくのに少し遅れていました。

「ちょっと待って」

しゃがんで流れる水に手を浸すと、僅かな水量でも流れる速度はけっこう速いことがわかります。

「電灯を点ける?」

「いや、点けなくてもいいよ。この道は下っている……紀尾井町は台地だから、下れば城のお濠のどこかに出る」

「そうだね」と、頭の回転の速いミツルでした。

「やはり抜け穴の一部分なんだ、この道は」

進む方向は正しいと自信を持ったふたりが、ピッケル頼みの前進を速めていると、しばらくしてその先端が土にぶつかって、右へ進んでも左へ歩いても壁に跳ね返されるばかりとなったのです。

「袋小路か……まさか!」

力まかせに思い切り殴りつけたら、ガキッと音をたててなにかに食い込んでしまいました。力いっぱいねじりましたが、ピッケルは離れてくれません。

「明かり、明かり」

少女の催促がうるさくて、少年はしぶしぶスイッチをいれました。弱々しい光が照らしだした正面は、土ではなくて板壁です。ピッケルはそこに突き刺さって動かなくなったのです。

「この向こうはなんだろう」

ピッケルを抜いて板を見定めたあと、電池が勿体《もったい》ないのですぐに明かりを消します。手をのばして板を撫でていたミツルが唸《うな》りました。

「江戸時代のものじゃないね」

「ああ。ベニヤ板みたいだった」

「いつ、誰が張ったんだろう。綾鳥学園……にしては変だね。学園の敷地からずっと離れているよ」

「ウン。ぼつぼつお濠のどこかに出ると思ったんだが」

「ベニヤくらい、破っちゃえ」

あっさりというミツルでした。

迷路の終点はどこだ

「破る？」

「行き止まりなら破らなくては出られない……そうだろ」

小林くんは笑いだしました。直線コースを驀進《ばくしん》するミツルの思考が気に入ったのです。

「きみのいう通りだ！」

「話せるぞ、芳雄」

「おだてるなよ。……ホラ、懐中電灯で壁を照らしてよ」

電池切れを覚悟した小林くんが、スイッチをいれた電灯を渡します。明かりはすぐ明滅をはじめました。ぐずぐずすれば周囲はやがて暗黒です。その前に――。

「えいっ」

掛け声もろとも、小林くんは板壁にむかって一撃を加えました。

光の輪の中で、白い木屑が飛び散ります。あとはものもいわずに二撃三撃。想像通りの脆《もろ》さで板の一部に、首をいれられるほどの穴が開きました。

「むこう側を、覗いてみる」

穴に顔を突っ込んだミツルは、すぐもどして小林くんに報告します。

「やはり真っ暗だけど風が吹いている。それから泥の匂いがする。外が近いんだ」

少なくとも危険はなさそうです。

「わかった。穴をもっと大きくする」

呼吸を整えた小林くんは、つづけざまにピッケルの斧を打ち込みます。刃の部分が小さいので、力む割に穴は広がりません。そのうちに明滅が速くなって、とうとう二度と光はつかなくなりました。

「ちっ、消えた」というミツルの声と、

「これならくぐれる！」

息遣いの荒い小林くんの声が重なりました。

手探りで穴の大きさを確かめたミツルは、脱《ぬ》け殻になった懐中電灯と、抱えていた風呂敷包みを小林くんに押しつけて、「オレが試す」

「気をつけろよ」

風はあっても光はない……それだけしかわからない向こう側だったのです。

「心配するなって。身は軽いんだ」

言い捨てて、するりと抜け出したミツルが悲鳴をあげました。

「道がない！」

ズルズルと滑り落ちそうになり、危うく穴の縁に手をかけました。

「大丈夫か」

「大丈夫じゃない！　ワワワ落ちる落ちる！」

もがく少女の手首を、小林くんがなんとか摑みました。闇の中がどうなっているのか見当もつきません。そのうちミツルが落ち着きを取り戻しました。

「ああ、よかった！」

「道があったのか」

「道だかなんだかわからないけど……足場みたいだ……コレなんだろう」

草鞋の裏で探ったらしいミツルは、やがて声を高めました。

「木道みたいだ。芳雄もこっちへこいよ。しっかりした造りだ。……ずっと先までつづいてるぜ」

「よし、今ゆく」

風呂敷包みを穴越しに渡し、未知の闇にむかって穴をくぐることにしました。

確かに頬をなぶる風があって、泥の匂いを運んでくる向こう側の世界。

リュックを背負っていたので、穴を抜けるのにひと苦労でしたが、なんとか木道に立つことができました。

それにしてもここはいったいどこでしょう。視覚を封じられたまま、小林くんはのこった感覚で全方向を探ろうと試みました。

だしぬけにミツルが怒鳴りました。

「おおいっ……オーイイイイ！」

声の反響で暗黒世界の広さを測ろうとしたのでしょうが、予想された谺がさっぱり返ってきません。

どういうことだ？　それほど広い空間に飛び出したのか？

ハッと思いついた小林くんは、頭上を仰ぎました。それからゆっくりと背後を――。

「朝だ！」

少年が叫びます。

「えっ」

「ここはもう外なんだよ！」

声をはずませる小林くんでした。その声にひかれるように、頭上を仰ぎ見たミツルも「わあっ」と叫んで、あわや幅一間の道から転げ落ちそうになりました。

そうなのです。今までふたりは西を向いていたのでしょう。でもふり返った先が東の空だったので、雲間から射《さ》し出るかすかな曙光《しょこう》を望むことができたのです。昼間なら板壁を破ればすぐに外とわかったはずですが、曇天で星ひとつ見えなかったため、朝の光が射しこむまで地底のつづきと錯覚していたのです。

「よかった！　オレたちは濠に出たんだね！」

「危ないって。あまり跳ねるとまた落ちる」

「落ちるって……この下はいったいどうなってるのさ」

板を敷きならべただけで手すりもない道は、作業用の足場と思われます。こわごわ下を覗いていたミツルが、不意に口を開きました。

「お濠じゃないよ。泥の海だぜ！」

少しずつ空の光が強まると、小林くんにも見えるようになります。確かにこれは、外濠などという代物ではありません。見渡す限り泥また泥が広がっています。これでも東京なのでしょうか。

いくら空襲で破壊されたとはいえ、都心の麴町区《こうじまち》の一郭に、こんな泥田《どろた》の光景があろうとは信じられません。

乏しい光の中でミツルがきょろきょろしていると、だしぬけに足元が震えだしました。ドドドド……どこから湧き起こる響きでしょう。音はあっという間に金属的な轟音《ごうおん》と化して、ふたりの全身を揺すります。

リズムに乗った木道の震動に、ミツルは小林くんの腕を摑みました。

「なんの音？　なにがはじまるんだ？」

でも少年は、たちまち音の正体を悟ったようです。

「あれだよ」

木道がつづく先を指しました。天空に光が満ちはじめた今なら容易に視認できます。そこにはもう一枚の板壁が立ちはだかり、縦になん本かの隙間が走っていて、その筋が金色に輝きはじめたのがわかります。

壁の向こうになにやら、光るものが走ってきた——？

「駅だよ！　駅に電車が着いたんだ」

小林くんが声をはずませます。

「駅って……こんなところに省線《しょうせん》電車は走っていないぜ」

「ウン。だからあれは地下鉄だよ」

「チカテツ？」

「そう。あの壁を越せば赤坂見附《みつけ》駅で、この泥沼は弁慶濠《べんけいぼり》の一郭なのさ！」

「弁慶濠、知ってる。日本に帰ってからおっ母さんとボートに乗りにきた。あの弁慶濠がなぜこんな、ドロドロになってるんだい」

「地下鉄がもう一本できるはずだった。新宿《しんじゅく》から池袋《いけぶくろ》までの……今ある銀座線と赤坂見附駅で乗り換えできる設計になっていた。でも戦争が激しくなって資材が集まらない。弁慶堀の水を掻い出して、フナやコイをよそへ移したまでで、工事は中止になっていたんだ」

さすがは鉄道大好き少年でした。

地下鉄といっても今の東京には、渋谷と浅草間を走る一路線しかありません。施設のほとんどが地下にあったので空襲の被害は僅少でしたが、職員の大半が戦場に駆りだされたため、八十四両あった車両のうち、敗戦時に稼働可能なのは僅か二十四両という惨状だったのです。

「だから地下鉄は、一両きりで走っているんだ。……ごらん、ミツル」

足場の途中で、小林くんが二十メートルくらい前方の塀を指さしました。泥沼はその塀際まで広がっていることがわかります。

「右手につづく石垣が見えてきただろう」

「ウン。……鉄の板かな、石垣に沿ってなん本か泥沼に打ち込まれてる」

「土留めに使う鋼矢板《こうやいた》というんだ。新しい地下鉄はお堀の下をくぐって、省線電車の四《よ》ツ谷《や》駅へ出る予定だった。日本が落ち着いたら、きっと工事が再開されるよ」

「キミってものしりだね！」

真っ向から女の子に褒められて、照れくさくなった小林くんは目を逸らしました。

あたりはますます明るくなってゆきます。見上げれば重苦しい鉛色だった空が、いつしか軽やかな銀色に変化していました。

高い空では強風が吹いているらしく、銀色の雲はいっそう淡彩になって吹きちぎられ、その隙間からみずみずしい藍色が広がってゆきます。

「わあ！」

少年につられて空を仰いだ少女が、歓声をあげました。見る見るうちに藍色からお納戸《なんど》色《いろ》へ、浅葱色《あさぎいろ》へ、空が明るくなってゆくではありませんか。

「今日はいい天気になるぜ……高いとこなら富士山が置物みたいに見えてるよ」

焼け野原の東京です、地名としてのこる富士見《ふじみ》坂、富士見台のたぐいから、ミツルがいう通り床の間の置物然とした富士山が、手に取るようだったでしょう。

「ホラ……あの空色なんて、砥の粉《とこ》で磨いたように光ってる」

「ああ」小林くんも吐息を漏らしました。

「泉鏡花《いずみきようか》だったな、『空色縮緬《ちりめん》の蹴出《けだ》し』って、読んだときはわからなかったけど……」

「フフン」とミツルが威張ります。

「あたい、おきゃんな芸者役で着たことがあるよ。色っぽいといわれたぞ。芳雄に見せてやりたかった」

蹴出しというのは、和服で裾をからげて歩くとき、腰巻きが見えないように着ける裾よけです。こんなガラッパチな口調の女の子が粋筋に扮した姿は想像しにくく、小林くんはまじまじとミツルを眺めました。

「なんだよオ」

少女が口を尖らせます。

「似合わないってのか」

あわてて小林くんは、誤魔化しました。

「似合う似合う」

「ホラあの塀の向こうは、きっと地下鉄のホームにつながってる」

ふたりが立った足場の先は、塀に設けられた小さな板戸です。

「それがどうしたのさ。オレ、キップを買う金くらい持ってるぜ」

「いや、ここは工事のための通路だから、空いている軌道敷《きどうしき》に出るはずだ」

「キドウシキってなに」

「赤坂見附駅のホームは、渋谷行きと浅草行きとが地下で二階建てになってるだろ。だけどどちらのホームも、反対側が鰻《うなぎ》の寝床みたいに空いてる。新しい路線のレールを敷くスペース、つまり軌道敷さ。あの戸はそこへ出ると思うよ」

「ならかまわないや。ササッと抜けてササッとホームに上がっちまえ」

「その恰好で？」

改めて見つめられたミツルは、しょっぱい顔になりました。鬘は風呂敷に包んでいますが、扮装は二宮金次郎のままです。そんな姿で地下鉄に乗る度胸があるのかと、小林くんは心配したのですが、ミツルは平気な様子です。

「ちょっと待って」

包みを足元に置いて背中を向けました。

「手伝ってくれ、芳雄」

「え、なにを手伝うんだ」

「両袖の脇の下に、赤い小さな玉があるだろ」

のです。

「両方の手で、その玉を摘《つま》んでみなよ」

小林くんはわけがわかりません。まごまごしていると、ミツルがじれったそうにいうのです。

「早く!」

仕方なく左右の玉を摘みました。手触りのいい布でできています。

「私が合図したら、力いっぱい引っ張って!」

「するとどうなるんだ」

「いいから! ハイ一、二、三!」

力をこめると同時に、ミツルが全身をふわっと揺すりました。

「あっ」

足場から転げ落ちそうになって、小林くんが目を見張ります。それもそのはず、たった今までくすんだ野良着だったミツルの衣装が、鮮やかな薔薇色《ばらいろ》の小袖に変化していましたから。仰天する少年をよそに少女が腰のあたりをまさぐると、素朴なたっつけから紅梅色《こうばいいろ》のモンペに、下半身までスルリと色や形を変えたではありませんか。

まるで奇術の一幕を見たようで、小林くんはポカンとしていました。

「座長が――お母さまが工夫なすったの」

変身の効果を見て取って、ミツルはあでやかに笑いました。呆れたことに、姿を変えたとたん言葉遣いまで娘々した口調になっています。

「『引き抜き』というのよ。舞踊の『京鹿子娘道成寺《きょうがのこむすめどうじょうじ》』で主役の白拍子《しらびょうし》が衣装を替える場面が有名だわ。はじめから衣装を重ね着しておいて、踊りの途中で上の衣装のしつけ糸を抜くだけなの」

「はあ……」

「でも女剣劇の舞台にはもっと凄いのがあるのよ。花道の七三で、蛇の目傘の娘と頬かぶりの若衆がスレ違う、とたんに客の前でふたりが入れ代わってしまうんだもの。『雪之丞変化《ゆきのじょうへんげ》』が看板の大江美智子さんの見せ場だったわ」

「ふうん」

小林くんは感心するばかりです。

外した衣装も手早く風呂敷包みに突っ込んで、改めてシャナリとポーズをするミツルでした。

「いかが？　これなら地下鉄に乗ってもおかしくないでしょう」

「おかしいもんか。きれいだよ！」

少年が本気で褒めたとわかったのでしょう。朝の光を正面から浴びて、八重歯をきらめかせたミツルは、懐から紫色の紐《ひも》を取り出しました。

「じゃあ、もひとつお洒落しようかしら」

その紐をクルリと首にまきつけます。見ると正面に小さな桜貝が吊《つ》るされてアクセントになっていました。

「首輪……なのか？」

珍しげに見やる小林くんを、ミツルが叱りつけました。

「猫みたいにいわないでよ、チョーカーというの。貝の中に小さな鈴がはいってて、身振りひとつで鳴らすことができるわ」

シナをつくるとチリリリと、愛らしい鈴の音が聞こえます。埋没した地下道で小林くんに、少女の無事を教えてくれた鈴の音が、これでした。

闇市グルメから銀ブラへ

赤坂見附駅で乗ったのは浅草行きの列車でした。たった一両でも列車というんだと、これはもちろん小林くんの豆知識です。

単行列車とあって混雑は覚悟の上でしたが、薔薇色に装うミツルの姿は十分に乗客の目をひき、小林くんはちょっと得意な気分になりました。

中折れ帽をかぶった初老の紳士が、奥さんらしい女性に囁いています。

「あんな子を見ると、戦争は終わったんだな……しみじみそう思うよ」

「私たち生きていてよかったわね」

その会話は、ミツルの耳にも届いたに違いありません。

ふたつ目の新橋駅で地下鉄を降りると、ホームで客に押し流されながら、ミツルがいいました。

「恥ずかしかったわ。でも嬉しかった」

小林くんは笑顔でうなずくばかりです。

地上に出ると省線の駅舎越しに、朝日が新橋西口一帯の闇市を照らしています。本来は緑地化が予定された広場ですが、しばらくの間ならと計画局が軽はずみな許可を出したせいで巨大な青空市場となり、今では本格的に新生マーケットの工事がはじまりましたから、あたりの混乱はいつ収まることになるのやら。

遠目には木っ端を寄せ集めたような市場では、鉄カブト改造の鍋を売る店に並んで、ジュラルミン製のフライパン、アルミニュウムのお盆など、片っ端から航空機の材料が化けた日用品の小屋もあって、風が筵《むしろ》を揺さぶっていました。

空きっ腹のふたりは、朝から営業していたホルモン焼の屋台で、舌を満足させてやります。得体のしれない臓物が材料ですが、そんな細かいことを気にしていたら栄養失調で倒れてしまうでしょう。さすがミツルは女の子で、怪しげな食事に懲りもせず、別の屋台で餡蜜《あんみつ》を注文しました。もちろん本物ではなく餡蜜モドキです。

「フーン、餡は芋でできてるのか」

「芳雄も食べてみる？」

アルミの匙《さじ》ですくってくれたので、一口食べてみました。寒天は本物でしたが、コンニャクがはいっていたのにはびっくりです。たぶん求肥《ぎゅうひ》のつもりでしょう。

おなかがくちくなったふたりは、ガードをくぐって土橋《どばし》に出ました。あたりにはまだ戦災の名残《なご》りの埃っぽさがありますが、流れる汐留川《しおどめがわ》の清冽《せいれつ》なこと、飲み水にだって使えそうです。周辺の工場が全部焼けたからで、これが本来の水の姿だと納得しました。

土橋を渡れば、いよいよ銀座八丁がはじまります。さいわいこの八丁目あたりは空襲の火の手が届かず、戦前の風物をとどめて昔ながらの風情《ふぜい》が窺えました。

「銀座全線座だ」

中世の古城みたいな構えの映画館につづいて、帝国銀行の支店があります。

「明智先生は、この河岸《かし》で古本屋を見つけたといって喜んでらしたけど……」

小林くんがきょろきょろしていると、背後で威勢のいい汽笛が吹鳴《すいめい》されました。振り向くと右から左へ、日に照らされた白帯の列車がもうもうと煙を吐いて走ってゆきます。小林くんが掛川駅で目撃した、東京駅九時三十分発の進駐軍専用列車です。

「ディキシーランド……」

反射的に口走ると、ミツルがあとをつけ足しました。

「……リミテッドだわ！」

そうか、彼女はあの列車の上りに乗ったんだ。

ミツルは照れくさそうに笑いました。

「わかってるのね。あのクラブカーで拍手喝采してもらったわ、あたい」

果たして明智先生が推理した通りです。

「歌って踊ったのよ。ちょっと聞かせてあげようか。『私やアラバマからルイジアナへバンジョー持って出かけたところです……降るかと思えば日照りつづき……』」と全身でリズムを表現した少女にむかって、ピーッと口笛が吹かれました。

右は汐留川、左はシャッターの下りた銀行だからと、安心して調子に乗ったのですが、金春《こんぱる》通りから進駐軍の兵士たちがゾロゾロと顔を見せたのです。

「イヤだ、この角にRAAの本部があったんだ。間違えられちゃうわ！　行くわよ、芳雄！」

なんだかわからずひきずられ銀座の表通りに出て、歩道の縁につまずくところでした。その目の前を、1の札を下げた雷門《かみなりもん》行きの都電が通りすぎます。

(この角って、以前は勧工場《かんこうば》の博品館《はくひんかん》があった場所だっけな)

明治から大正にかけて建てられた勧工場は、今ならショッピングセンターとでもいえばいいでしょう。

ひと息ついたところで小林くんが尋ねました。

「RAAってなんなんだ」

「知らなくていいの、子供は」

「自分だって子供じゃないか」

怒ってみせると、ミツルは困ったように笑います。

「私だっておじさんに叱られたわ、子供には関係ないって。あとで河合さんが教えてくれたの、だから知ってる。RAAというのは特殊慰安施設協会の略称よ。占領軍の兵隊を慰安する女性たちを、飛び切りいい条件で募集してたって。……もっと聞きたい？」

「……」

小林くんはむすっと口をつぐみました。それ以上聞く気になれません。

RAA——内務省の指令で警視庁が業者の団体に依頼、事業資金を政府が出したこの〝慰安〟施設は、性病蔓延《まんえん》に手を焼いた占領軍の指示で、つい三カ月前に閉鎖されたばかりだったのです。

大人になった読者のみなさんには、説明は不要でしょうから省略いたします。適宜ご想像ください。国と〝慰安〟施設はどこでもいつの時代でも、薄暗い蔭で手をとりあっていたことを。

「男がはじめた戦争の後始末を、女の子たちがさせられた……河合の兄貴はそういってたわね」

「……」

男のひとりである小林くんはなにもいえず、歩きつづけました。

槌音《つちおと》が高く響くのは、表通りに沿って、去年の秋から銀座の商店連合会が建築を進めている総合商店街でした。木造平屋建てながら、やがてそこを舞台に銀座復興祭が開かれる予定です。

残念ながら復興といってもほとんどがスタートについたばかりで、建物の残骸の跡にはハルノノゲシが咲き広がり、焼けトタンの蔭ではマツヨイグサがぬっと立ち、整地された焼跡にかろうじて野菜畑の緑が見えるのが、銀座の春の風物でありました。

東側に建つ焼けビルは戦前からの由緒あるビヤホールで、その北の一郭を占領した松坂屋百貨店が、炎にくすんだ姿を晒しています。ガラスのない窓がつづく上階は廃墟のようですが、日が沈めば地下に占領軍用のキャバレーがオープンするはずでした。

焦げた木肌が痛々しい街路樹に並んで、ペンキの白さが目に染みる英語の道路標識〝Ginza St.〟が立っています。日本は銀座を含めてまるごと占領中なのだと、わかりきった事実を確認させられる街頭の光景でした。

満員の客を乗せた品川行き都電がノロノロ走ってくる横を、星条旗を翻したジープが颯爽と駆け抜けます。歩道では茣蓙《ござ》に商品をならべはじめた露店の人たち。ぎこちない手つきを見ると、戦前はそれなりに身分のあった紳士淑女かもしれません。渋谷には、陸軍のもと司令官が家族ぐるみで営む露店があるそうです。

気のせいか道をゆく日本人は誰彼となく肩をすぼめ、足の長いGIが闊歩《かっぽ》する隙間を、遠慮しいしい歩いていて、ときには婦人将校の輝くような金髪を、眼の片隅で見たりしているのです。

そんな街の有り様に、少年は自分でも知らないうちに腹を立てていました。

リュックから出した鳥打ち帽をキュッとかぶった小林くんは、隣の少女に真剣な面持ちで呼びかけます。

「ミツル」

「え？」

「手をつなごう」

きょとんとした彼女の手を摑みリュックを揺すりあげた少年は、背筋をシャンとのばしていいました。

「ここは日本の銀座だろ？　だったら遠慮しないで歩こうよ。進駐軍より先に、日本人がまず銀ブラを楽しまなくっちゃあ！」

ミツルがパッと笑顔になりました。つないだ手に力をこめて、

「もちろんよ、芳雄！」

小林くんのいでたちは鶯色の鳥打ち帽に詰襟の学生服、草色のリュックを背負って足元は登山靴です。手をつないだミツルは胸元の桜貝を唯一のアクセサリに、色調こそあでやかでもしょせん素朴なモンペ姿、おまけに草鞋履きというチグハグさでしたが——物おじしない少年と少女は、肩をならべ活発な足どりで銀座を歩きはじめました。

ずっとむこう、四丁目の交差点を渡ったあたりに、〝TOKYO PX〟と縦書きのアルファベットの看板が見えました。いち早く占領軍が接収した服部時計店です。その右手、

通りを隔てて戦火の跡も生々しい焼けビルは、三越《みつこし》の銀座店に違いありません。目の届くかぎりうらぶれた光景なのに、ふたりの目には輝く未来の銀座が見えたのでしょうね、きっと。

銀座で見つけた赤い靴

四丁目の方向から、GIの一群がどやどやとやってきました。物見高そうな彼らはときおり底抜けの高笑いを響かせて、道行く日本人をギョッとさせます。無邪気な好奇心もあらわに、みやげ物の露店を覗き込む兵士もいました。

焼け残った家財を洗いざらい並べたとみえ、茣蓙に拡げられたのはバッジや錆《さ》びた古銭、そして金鵄《きんし》勲章です。神武《じんむ》天皇の神話にあやかり皇軍兵士の武勲をたたえる勲章でしたが、米軍兵士はなんの興味もなさそうに立ち上がります。

GIにまじって腕まくりした開襟シャツ一枚の軽装の男もいて、愛想のいい表情ながらカメラを手に被写体を探す目は、鷹《たか》の鋭さを秘めていました。

歩道の幅いっぱいに広がる軍服の群れを恐れてか、すれ違おうとした国民服と兵隊服の男ふたりが茣蓙を踏みつけてやり過ごします。店のおばさんは迷惑顔ですが、卑屈な笑顔をＧＩにむけた彼らは気づきもしません。

談笑しながら歩いてきた小林くんたちが、ＧＩの群れに出食わしました。男たちもおばさんもヒヤリとしています。前を塞いだふたりが、怒鳴りつけられると思ったのでしょう。のっぽ揃いの兵士に比べれば、小林くんたちはまるで小学生に見えましたから。

でも、そうはなりませんでした。

兵士たちはミツルに目を留めたかと思うと、即座にふたつに分かれて道を開けてくれたのです。おしゃべりに夢中だったミツルと小林くんも、左右に並んだ壁みたいなＧＩたちに気がつき見回しました。

軍服の壁から降ってくる言葉は、

「プリティ　レイディ　エンド　ヤング　ジェントルマン」

「オオ　アー　ユー　ハッピー？」

リンゴのような頰を連ねた少年と少女は、さぞ幼く無邪気な恋人同士に見えたことでしょう。悪気のない笑い声に挟まれた小林くんたちは、決して悪びれませんでした。舞台度胸の据わったミツルはにこやかに「サンキュ」といい、少しばかり頰を染めた小林くんは、歯切れのいい日本語で「ありがとう」と答えています。

国民服と兵隊服の男ふたりは拍子抜けしたようです。

「女子供に甘いんだな、あいつら」

「レディファーストだとさ」

露店のおばさんが、男たちに剣突《けんつく》を食わせました。

「私だってレディだよ」

「あ……すまん」

男ふたりは今ごろになって、茣蓙から足をどけています。

そのとき小林くんたちの前を遮ったのは、開襟シャツのカメラマンでした。

わかるかな?と危ぶむ表情で、カメラのレンズとふたりの間に手を往復させたのは、写真を撮っていいかというゼスチュアでしょう。

小林くんがミツルに尋ねました。

「ぼくならかまわないけど、きみは?」

うなずいたミツルが達者な英語で答えると、青い目を見開いた記者は笑顔でしゃべりはじめます。

「ニューヨークから着いたばかりの『LIFE』の記者さんだって。私たち、アメリカの雑誌に載るのかな」

無邪気に喜んだミツルは記者の指示を通訳しながら、ふたり揃って手際よく写真のモデルを演じました。

実をいえば小林くんは、彼女がチャンバラのポーズを決めたらと不安でしたが、心得たミツルは日本の可愛い女の子のイメージを崩しません。「舞台に立ったらまず今日の客種を見極めること」というのが、母親で座頭《ざがしら》の教訓だったそうです。

はじめ遠巻きにしていた野次馬も、撮影が終わるころには黒山となってきたので、記者にOKの合図をもらったあとは、いまさら銀ブラもできません。みゆき通りの角にできたばかりの店に逃げ込みました。

痩せても枯れても天下の銀座です。通りを隔てた太田垣美術店どうよう、豪華な構えではなくても趣味のいい専門店が、客を呼びはじめていました。ふたりが足を踏み入れたのは、その一軒の靴屋だったのです。

ショールームというにはちっぽけでも、選《よ》り抜きの紳士靴婦人靴がガラス棚を飾っています。ニスの匂いは漂いますが急ごしらえの店舗としては、気持のいい空間を演出していました。

ひとりしかいない店員はみごとに禿《は》げあがった初老の主人で、窓越しに外の撮影騒ぎを見ていたのでしょう、若いふたりが買える品揃えとは思えないのに、愛想よく声をかけてくれました。

「よかったら、うちの商品をごらんなさい」

「いいんですか？　ありがとう！」

嬉しそうに反応したミツルは、早くもお目当ての靴をみつけて棚の前にしゃがみました。下段に鎮座していたのは赤い靴です。品物の良し悪しがわからない小林くんも、隣り合って覗きました。目が覚めるほど鮮やかな色彩の赤。

「気に入ったの？」

「ウン。日本に帰るときおなじ形と色の靴を、パパに買ってもらったの。日本でもずっと履いてたけど……空襲で焼けてしまったわ」

よほど思い出があるとみえ、靴を愛撫《あいぶ》するような手つきのミツルに、店長が近づきました。

「あ、それは戦争前に輸入したバリーの品なんですが、サイズが半端で売れ残りました。軽くて履き心地に定評がある会社なんだよ……お嬢ちゃんの足なら合いそうだね」

にこやかな店長の説明に、ミツルがこくこくとうなずいています。その様子に、小林くんはなんだか申し訳ない気分になりました。

「……ごめん」

「なぜ謝るの、芳雄が」

「ぼくには買ってあげられそうもないや」

真剣な口振りにミツルは噴き出します。

「なにがおかしいんだよ」

「ひょっとして、私にプレゼントするつもりだった？」

幼いアベックのやりとりを、店長は笑いもせず見守っていましたが、ちょうどそこへ客がはいってきたので、

「いらっしゃいませ」

歓迎の声と共にふたりに背中をむけました。それでミツルは声を落として、小林くんに念を押すことができました。

「忘れてはダメ。キミと私は敵同士なんだよ」

いい放って少女は立ち上がりました。いわれるまでもなかったのです、小林くんは明智探偵の助手で、ミツルは二十面相の配下なのですから。

そう思ったとたん、手までつないで雲の上の散歩だった気分は、スーッと霞《かすみ》のように消え去ってゆきました。

（ゆうべはぼく、龍土町に帰らなかった。先生きっと心配していらっしゃるだろう……早く帰って、綾鳥学園のことを報告しなくては……）

そう考えついた小林くんが、ギョッとして銀座通りに面した窓を見つめました。たったいま通りすぎた大柄なＧＩ。その横顔に見覚えがあったからです。

（サージェントと呼ばれた兵士じゃなかったか？）

男はもう大股で歩き去っています。進駐軍ご用達のＰＸがそばですからあいつが現れたとしてもふしぎではありません。反射的に店を出て確認するつもりだった小林くんは、あわやぶつかるところでした――顔馴染みの羽柴壮二くんに。

「小林団長！」

「えっ」

声をかけられて、やっと気がつきました。

「きみ、どうしてここに」

聞かれた羽柴くんの方が目を丸くしています。

「どうしてって、そりゃ靴を買いにきたんだよ」

見ればお隣にお父さんの羽柴氏も立っていました。

「やあ。ここで会うとは思わなかったね」

あわてて挨拶を返すと、他意のない笑顔で羽柴くんが尋ねました。

「女の子といっしょだったんじゃない？」

「え……うん、ちょっと」

返事にならない返事をした小林くんは、あわてて見回しました。店の出入口は銀座通りに直交するみゆき通りにも設けてあります。たぶんミツルはそちらから抜け出したのでしょう。

羽柴氏は、小林くんに扮したミツルと会っています。見つかってはまずい。そう判断した少女は小林くんに別れの挨拶をする暇《いとま》もなく、黙って消えたに違いありません。

その気持を読んだ少年ですが――でもなぜかしら胸の内側に、ポッカリ穴が開いたような気分になりました。

(敵同士か……)

黙ってその事実を噛みしめます。

もう二度とミツルに会う機会はないのでしょうか？

明智事務所に警部の警告

羽柴家のショッピングはすぐ終わりました。戦争になるずっと前から、この靴屋の常連だったそうです。その羽柴氏が紹介してくれたので、店長も少年が明智探偵の助手と知り改めての大歓迎でした。小林くんは照れくさくてたまりません。

長く東京で暮らしていた店長は、明智探偵対二十面相の戦いや小林くんの活躍ぶりを知っていたので、あの少年探偵団の団長とわかると、今にもサインをねだりそうな笑顔になったのです。

食事に誘ってくれた羽柴親子には申し訳ないけれど、急いで帰って先生に、昨夜の報告をする必要があります。

残念そうな羽柴氏でしたが、気をきかせて龍土町まで自分の車で送ってくれました。運転免許も持っていると聞いて、乗り物好きな小林くんは羨ましそうです。

「ぼくも大人になったら免許をとります。でも日本がこの状態では、車持ちになるまでは大変だ……」

ぼやいた小林くんを、羽柴氏は笑顔で励ましてくれました。

「心配はいらない。きみや壮二が大学を出るころには、日本はきっと裕福になっている。いずれ誰でも自家用車を持つ時代がくるさ」

そんな夢のような話を交わしているうちに、もう事務所に到着しています。やはり車は便利だなあ！

車の音を耳にして、明智先生が事務所の表へ顔を出しました。探偵と挨拶を交わした羽柴氏の車を見送ってから、先生は小林くんの肩を軽く小突きました。

「ゆうべは大冒険だったようだね。だがあまり無茶をしないように。さあ、その話をくわしく聞かせてくれないか」

あらかじめ電話をしてはありますが、地下道の話をするのはこれからでした。事務所の椅子に腰を下ろして、小林くんから一部始終を聞き終えた明智先生は、やがてゆっくりと足を組み、満足そうにパイプを銜えます。コルシカ産のヒース材だと先生はご自慢ですが、相変わらず煙が出ないパイプでした。

「……そのミツルという子は、なかなかやるね。きみのいい相棒だったわけだ」

「ハイ、そうなんです」

返答に力がこもりすぎて顔を赤らめた小林くんを、先生はニコニコと見やります。

「ガルーダの神像は、綾鳥学園の新しいキャンパスに運ばれた――それがわかったのも、大きな収穫だよ」

「ガルーダだけじゃありません。地下に隠してあった南の国の宝は、のこらず運ばれたはずです。新しい綾鳥学園は、奥多摩にできるんですか」

「そう。青梅《おうめ》線終点の氷川《ひかわ》駅から四キロくらい山奥に、小河内《おごうち》という村がある。名前を聞いたことはないかね？」

「あります。多摩川の源流にその名のダムを造るんでしょう」

「そうだよ、東京の水がめとして。だが戦時中の資材難で工事はストップしたままだ。いずれ再開されるだろうが、今はまだ国にその余力がない」

地下鉄どうようの事情だったとみえます。

「新しい綾鳥学園は、ダム手前の広大な敷地に建設されている。全寮制で生徒は寮生活だから、都心から遠くてもかまわない。穏やかな自然に包まれて勉学がはかどるわけだ……」

そこまで話した明智先生は、皮肉な笑顔をつくりました。

「というのは表向きの理由で、戦争中はおなじ敷地に四谷重工の新兵器研究所があった。ひとり乗りの戦車だの、装甲列車だの、試作に成功した武装ヘリコプターがあった……多摩川に面した崖をくり貫いたので、米軍の偵察飛行でも詳細不明だったらしい」

「その上へ綾鳥学園を建てて、研究所に蓋をするつもりなんですか？」

「中村警部はそう睨んでいるね」

警視庁の管轄は東京都一円ですから、奥多摩まで目を配っているのです。

「戦争に負けると四谷はすぐ方針を切り換えて、占領軍にすり寄っている。きみもよく知っているだろう」

「はい」

四谷家の秘書が北斎の秘画を進駐軍の高官に贈ろうとしたのを、寸前で防いだのが小林くんと二十面相でした。戦争犯罪人として告発されるのを恐れた剛太郎ですから、兵器研究所も隠したいに決まっています。だから南方でせしめた秘密の宝を、おなじ場所に隠したというわけでしょう。

「さすがは中村くんでね。綾鳥学園の工事を請け負った業者から、内密に設計図を手に入れてくれた。その図面を見ると正体不明のエレベーターが設けられている」

「なにに使われるかわからないんですか」

「いや、学園本部の二階に理事長室があるんだが、おなじフロアにエレベーターらしい記号があってね。そのあたりがおかしい」

「理事長の父親の四谷氏は年寄りだから、二階でもエレベーターが必要なんじゃありませんか」

「そう……ところが、その理事長室の真下の一階にあたる部分が空白なんだ」

どういうことでしょうか。

「敷地が斜面にあるから、主屋から見れば二階でも理事長室の下は岩盤だ。硬い岩の間隙を縫って建設した――そう考えることもできるが、実際にはその岩盤がまやかしかもしれない。いや、岩盤はあったとしてもくり貫かれているんじゃないか」

頭の回転の速い小林くんは気がつきました。

「その岩盤が隠れ蓑《みの》なんですね」

「おそらく研究所は、そこに設けられている。と、ぼくは推察するんだが」

「ガルーダの神像もそこに運びこまれたんだ！」

「おそらくはね。……で、きみに確認しておきたいんだが」

「なんでしょうか」

「きみは地下道で冒険していた間、溝沼秘書や軍曹という男に顔を見られたかい」

あ……と小林くんは考えました。そうだ、あいつらはぼくをまともに見たことは一度もない……軍曹の手首に嚙みついたミツルは、懐中電灯の光を至近から浴びましたが、小林くんとなると奴らは声を聞いただけのはずです。

そう答えると先生は微笑しました。

「好都合だね。すると彼らはきみが二十面相の手下とは思わないだろう。だからぼくが小林くんを連れていっても、警戒するわけがない」

その通りです。では先生は、ぼくと綾鳥学園へ行くつもりだろうか。聞き返そうとしたときです。

デスクの電話が鳴り出しました。小林くんが受話器をとると、先方は中村警部だったので、すぐ明智先生に代わります。するとたちまち、先生には珍しいほど大声になったので驚きました。

「四谷が二十面相を罠にかけるって？」

「そうなんですよ」

中村さんのかすかな声が、探偵の握った受話器から漏れてきます。

「二十面相の手下の子を捕まえたので、囮《おとり》に仕立てて誘い出すそうです」

（二十面相の……？）

先生がサッと小林くんを振り向きました。

「電話をかけてきた溝沼という秘書は、『手下の子』といったそうだ。おそらくきみが行動を共にした柚木ミツルだろうね」

少年は黙って両の拳を握りしめます。

あのとき黙って去っていった少女は、直後にあいつ——サージェントと出くわしたに違いありません。ウィンなら自分の手首に歯をたてた少女の顔を、否応なく覚えこんだはずですから。

茫然《ぼうぜん》となる小林くんの耳に、先生の声が聞こえました。

「……それで？　溝沼秘書はなんといってきたんだい」

「二十面相を捕らえる絶好の機会を、警視庁のみなさんにおすそ分けする……」

答える中村さんの声もちゃんと聞き取れます。

「なるほど。恩着せがましくいうが、つまり警察の手を借りて、共通の敵である二十面相を捕らえたいわけだ……で、弓削総監はその話に乗ったのかな」

「そうです。明日の未明、綾鳥学園の奥多摩キャンパスに、二十面相が参上すると約束したというので、警官隊を動員することになりました」

学園に通ずる道は国道から分かれた一本きりで、敷地は袋小路のどん詰まりにあるといいます。そこへ二十面相を追い込んで警官隊が道を塞げば、絶対に逃す心配はありません。

四谷側としては、怪人逮捕という餌をちらつかせながら、ガルーダをはじめとする秘宝略奪を不問に付させようと企んだものでしょう。

そんな四谷の腹づもりは後回しとして、作戦を了承した弓削総監はGOを指示しました。すでに出動する警官隊の選抜も終わり、総監には中村さんが同道することになって、電話をかけてきたというわけです。

事情がわかった探偵は、率直に尋ねました。

「その話をぼくにした警察の意向はなんなんだい」

「意向というと？」

「もちろん弓削総監や中村さん、あなたたちの考えだよ。その作戦にぼくを参加させたいのかどうか」

いつの間にか小林くんは、明智先生のすぐそばまできています。

二十面相を罠にかける……それもミツルを囮にして……彼女は今は奥多摩に囚われているのか……。

すると中村さんの声が、はっきりと届きました。

「とんでもない！　明智さんにきてもらおうとは私も、総監も、まったく考えてなんかいませんよ！」

え……そうなの？

小林くんはがっかりです。

いつだって中村さんは、明智先生といいコンビを組んで二十面相追跡に協力していたのに……今夜はくるなというんですか。

少年の落胆は、二十面相逮捕の瞬間を見届けたかったからだけではありません。ひと晩行動を共にしたミツルの安否を気づかっていたからです。警察の作戦に参加できれば、救出できるかどうかはともかく、確実な情報を得ることができます。

アア、それにしても……。

ミツルは二十面相の手下だもの、仮に四谷の手から取り戻したところで、つぎの瞬間には警部から手錠をかけられてしまうでしょう。

しょんぼりした小林くんの耳に、いっそう大きくなった中村さんの声が、ガンガン響きました。

「よろしいですか、明智さん。あなたにせよ、もちろん小林くんにせよ、われわれとの同行は固くお断りする。総監からも厳重にいわれとるんです、厳重に！」

なにもそこまで強調しなくてもと思ったのですが、それを聞いた先生は意外なほど穏やかでした。

「よくわかったよ、中村さん」

「われわれは今夜十一時に、桜田門の警視庁を出発します。総監には私が従って、黒塗りのクライスラーで綾鳥学園に直行するが、くれぐれも後を追ったりしないでください」

「了解した、警部。弓削総監によろしくと伝えてくれたまえ」

受話器を置いた先生は、少しの間クスクス笑っていたかと思うと、ヒョイと小林くんに声をかけてきました。

「短い時間で気の毒だが、すぐ布団にはいりなさい」

「えっ……」

さだめし少年は狐につままれたような顔だったでしょう。だって外はまだ明るいのです。先生に昨夜の冒険を話しながら、乾パンで腹をふくらませたせいで少しばかり眠気は出ていたのですが。

明智先生はやさしい笑顔で声をかけてあげる。

「十一時になったら起こしてあげる。ふた晩つづいての冒険だ、今のうちに少しでも眠っておいた方がいい」

あっ、そうなのか！

ようやくわかった小林くんは、今にも飛び上がりそうな気分です。

中村さんがわざわざ自分たちの出発時刻を教えたということは、あからさまにはいえないけれど力を貸してほしい、その意味だったに違いありません！

(電話は警視庁からかけていた……だから周りに鼻のきく新聞記者たちが詰めかけていた……弓削総監の体面もあるし、おおっぴらに明智先生に力を貸してとはいえないから。ウーン、これが大人同士の会話ってことかなあ)

小林くんはひとつ勉強した気分になりました。

小河内へ、綾鳥学園へ

ダッ、ダッ、ダッ。

お尻から腸まで、オートバイの排気のリズムが突き上げます。危なげなくハンドルを握る明智先生は、ドイツで操縦技術を会得したそうですが、小林くんはたとえ後部座席でも乗るのははじめてでしたから、指示通りに先生の体を力いっぱい抱きしめています。先生は風よけのため飛行帽をかぶり、眼鏡の下で目を光らせていました。

先生のファンが戦場で片足を失ったため、復員してからオートバイを寄付してくれたのです。それがこの陸王号《りくおう》でした。

全体を漆黒に塗りつぶされて見るからに俊敏な自動二輪車です。メーカーの社長が慶應《けいおう》出身だから、この名をつけたそうです。ご承知ですね、慶應の応援歌「陸の王者ケイオー……」。それにちなんだ名前でした。

もともとの陸王号に後部席はありません。明智先生が器用な腕を発揮して、後輪の上にタンデムシートを造りつけたのですが、砂利《じゃり》道をひと跳ねする毎《ごと》に衝撃が尾骶骨《びていこつ》から脳味《のうみ》噌《そ》まで突き上げてきます。

でも少年は弱音なんて吐きません。頭の中では、ミツルの鈴がチリチリ、チリチリと鳴りっ放しでしたもの。

新築中の綾鳥学園は、青梅街道を西進した先にあります。青梅の町並みを過ぎると、右手は山、左手は多摩川が刻んだ渓流となります。時刻はとうに十二時を過ぎていました。よく晴れていますが、頭上の夜空は南北に連なる山々と、その懐が育んだ森の梢《こずえ》に挟まれ、次第に狭くなってゆきました。

東京といってもここまでくると街灯などあるわけもなく、行き交う車も途絶えて、陸王号の疾走に寄り添うのは、左を流れる水音と空にちりばめられた星ばかりで、闇と静寂を切り裂いて、明智先生と小林くんは西へ——西へ——、どこまでも走りつづけていたのです。

「ここだ」

呟いた先生が、ハンドルを左に切りました。

青梅街道を離れた一車線が、渓谷にむかって雪崩《なだ》れ落ちています。

体をねじった明智先生が注意しました。

「揺れるよ、気をつけて」

うわ、もっと揺れるのか。

「遠慮せずにギュッとつかまって」

「はいっ！」

小林くんが全力で先生にしがみつくと、陸王号は子鹿の跳ねる勢いで、いっさんに駆け下ります。左を流れる多摩川の屈曲に応じて道も曲がりくねっているので、遠心力が少年の体を振り回しました。水音がすぐそばに聞こえたかと思うと、あっという間に遠ざかります。これが日のある間なら、さぞ見事な渓谷美でしょうが、今の小林くんはそれどころではありません。

もうこのあたりは高度四百から五百メートルはありそうで、顔を殴りつけてくる風もめっきり冷えてきました。

中村さんたちの車は、とっくに綾鳥学園に着いたことでしょう。出発前に確かめた地図の記憶では、さっきの分かれ道からずっと学園の敷地がつづいているはずですが、正規の門はどこにあるのかまだ見えません。

陸王号に急ブレーキがかかりました。

同時に少年の視界が真っ白く蓋をされました。右手から強烈な光を浴びせられたのです。

それはトラックに載せた探照灯のようでした。

目をこすると、前方に飛び出してきた制服姿の警官がなん人も見えます。

いったん停止した陸王号から、飛行帽をはね上げた先生が大声で名乗りました。

「ご苦労さま！　明智です！」

警官隊はここに布陣したのか……確かに壜《びん》の首みたいなこの位置なら、学園を出入りする人も車も必ず通るはずです。左は多摩川の源流に近い谷、右は頭上の青梅街道につづく急斜面で、木々に覆われています。どんなに身軽な者であっても、明かりひとつない夜陰を、葉擦れもさせずに下りてこられるとは思えません。

警官隊は崖沿いに造られた小屋に詰めていました。建設工事の作業員詰所のようです。電話ではああいっても、明智探偵なら必ず駆けつけると察した中村警部が、警官隊に話を通しておいたのです。

ふたたび走り出したオートバイはすぐ道幅いっぱいに広がる門に阻まれました。門といっても工事の資材搬入で大型車が出入りしますから、木を組んだだけの仮設のものでした。両開きの正面の扉は閉ざされていますが、脇のくぐり戸は開いていました。乗ったままでは通れないのでオートバイのエンジンを切り、くぐり戸の框《かまち》を越えたとき、ヘッドライトの光の中で、見覚えがあるものを見つけました。小林くんが拾い上げてみると、確かにそうです。少年探偵団のバッジなのです。

「ほう……きみたちのバッジが置いてある。誰が置いていったんだろう」

先生がそっと呟きます。

それは確かに「置いて」いった感じで、目立つ場所に残してありました。こんな時間こんな場所に少年探偵団のバッジなんて。

すぐさま小林くんが思い出したのは、ミツルのことでした。

地下道で小林くんがリュックを開けたときです。ポケットからざくざく出てきたバッジを珍しそうに見たミツルに、「後からくる仲間のために目印として置いてゆく役割もあるんだ」と説明して、一枚か二枚渡したということがありましたから。

バッジを握った小林くんは前方を睨みましたが、工事現場の明かりだけでは暗くてとても先まで見通せません。

「中村さんたちは、まっすぐはいったんでしょうか」

「……」

先生が口に指をあてたので、小林くんは黙りました。ここは綾鳥学園の本拠です。隠しマイクで訪問客の声を拾う仕掛けがあっても、ふしぎはないでしょう。

「相棒だった子が置いていったんだね」

囁くような明智探偵の声。先生は早くも状況を呑み込んでいました。

捕らえられていてもその隙くらいみつけそうな、はしっこい少女でした。

明智探偵はもう陸王号に乗ろうとしません。ヘッドライトを点けたまま、周囲に目を配りながらゆっくりと押して行きます。車体を挟んで小林くんも歩きはじめました。

もう疑う余地はありません。ミツルは学園の構内に囚われている！

左手には相変わらず水の響きがつづきますが、右手はずっと三階建ての学園の工事現場です。ぶきみなほど静まり返っていますが、要所に灯がともっていて、陸王号のヘッドライトひとつでも、足元の危うさはありません。

敷地は左へ左へと押し出すような崖の屈曲に遮られて、ねじ曲がっています。とうとう崖裾を回りきれなくなって、トンネルになってしまいました。ふつうのトンネルではなく、谷側に開口部があり、櫛《くし》の歯みたいに立てられた柱が、屋根にかかる崖の重量を支えているのです。

これは覆道《ふくどう》といって、山間《やまあい》に鉄道や道路をのばす方法のひとつでした。鉄道に強い小林くんですから、日本アルプス沿いの大糸北線《おおいとほく》に多用されたことを知っていました。

「おっと」

先生が陸王号を停めたのは覆道を出てしばらく走ると、崖を大きく窪ませた駐車場があったからです。

ヘッドライトの光が映し出した前方は、谷にむかってさらに左へカーブした、荒々しいコンクリートの連なりでした。ここから先は一歩も通さないと宣告するようで、なんだか要塞みたいなものものしい雰囲気が窺えます。

だしぬけに、あたりが明るくなりました。サーチライトひとつの警官隊と違って、駐車場の上に並んだ投光器が一斉にふたりを照らすので、小林くんは反射的に顔を覆います。

「四谷家の諸君が、お迎えにきたようだね」

飛行眼鏡で眩《まぶ》しさを防いだ先生が、小林くんに解説してくれました。

駐車場に歓迎の衛兵

崖を深く抉《えぐ》った駐車場は広々としています。投光器の光が邪魔でよく見えないのですが、ノーズの長い外車が三台並んでおり、少し離れた位置に黒いクライスラーの姿がありました。その車だけ運転席に人の姿があります。警察官の制服を着用した彼は、ふたりの視線を受け止めて軽く敬礼して見せました。

「弓削さんや中村くんが乗ってきた車だね」

探偵がそういったとき、ふいにあたりが暗くなったのは、ふたりを照らしていた投光器が光を失ったからでした。その代わり天井の照明がいっせいに灯ったので、駐車場の内部はかえってよく見えます。

目をバチバチしている小林くんに、運転席の警官が白い歯を見せたので、アレッと思いました。口髭《くちひげ》の目立つ温和な笑顔にさっぱり見覚えがないのですが、

(お巡りさん、ぼくを知ってるのかな)

そのとき、ギイと重く軋む音が聞こえました。

「明智先生、ようこそ」

コの字形駐車場の左側にあった扉が開いたのです。頑丈一点張りの樫《かし》の扉から顔を見せたのは、溝沼でした。地下道で彼に追われた小林くんが、反射的に体を硬くしたのは当然でしょう。

さいわい推察した通り、彼の方はまったく気がつきません。龍土町の事務所で顔を見ただけの子供と思っているようです。

「先生についてきたのか」

横柄に声をかけられ、小林くんは黙ってうなずきました。

「総監や中村さんはすでにご到着です。ゲートからまっすぐ一本道なので、お迷いになることはなかったでしょう」

さすがに明智探偵には丁重な言葉遣いでしたが、小林くんはピンときました。

（やはり隠しマイクがあったんだ）

門をくぐった後の少年の言葉を聞いたから、「中村さん」「まっすぐ」という言葉が出た……明智先生もそう考えたことでしょう。

溝沼の後には、スーツ姿の男たちがつづいて三人顔を見せ、黒眼鏡をかけた最後の男が後ろ手で扉を閉じました。油断のない動きを見せる大柄な連中です。用心棒というより衛兵といった雰囲気の寡黙な男どもでした。

「陸王号は警視庁の車に並べておけばいいね」

明智の質問に、溝沼は愛想よく応じました。

「どうぞ、そのままで。彼らが移動させますから」

片手を出したのは、キーを預かるという仕種でしょうが、手をふった明智探偵は重量のある陸王号を軽々と操って、クライスラーの隣に移しました。

小林くんも先生につづいたので、警官の顔がはっきりとわかります。

「明智先生、ようこそ」

窓ガラスを下ろして、愛想よく挨拶する警官でした。

「やあ。警視庁でお目にかかったかな」

「総監のお供で一度だけですが。小官がここの留守を務めます。どうぞごゆっくり」

「よろしく頼むよ」

「おまかせください」

先生と会話を交わす警官を、小林くんは見つめていました。

「……ではどうぞ」

溝沼が扉の前から声をかけてきます。

「やあ、お待たせ」

快活に返事をした明智先生に、小林くんはピタリと寄り添います。

溝沼はなにもいわず、ふたりの前に立って扉を開きました。

扉の向こうは真っ暗です。どこへゆけばいいのかと迷う間もなく、前方がポッカリ明るくなりました。壁のどこかにスイッチがあったのか、それとも床を踏むとスイッチがはいる仕掛けなのか。そんなことを考えた小林くんは、いざ扉の中に踏み込んでびっくりしました。

靴が床へめりこむような感触だったのです。

(うわ……すごいや)

それほど毛足の長い絨毯《じゅうたん》が、一間幅で延びていました。左右の壁の間隔はそれよりずっと広いので、その気になれば自動車だって乗り入れられるでしょう。ゆるやかに左へカーブした道も、車の走行に配慮してある様子でした。

(廊下が曲がっているということは、つまりぼくが見た崖の中を進んでいるんだな)

そう小林くんは判断しました。谷川に沿って左へ左へ張り出していた断崖。廊下はあの崖をくり貫いて設けられているに相違ありません。

瀟洒な壁紙は明るいアイボリーで、この空間が岩盤の内部だなんて、とうてい想像できないのですが。

「どうぞ……正面にエレベーターがご用意してあります」

慇懃《いんぎん》な溝沼の口調はどことなくロボットじみて聞こえました。絨毯にかすかにのこる二条のタイヤの跡を見下ろして、明智先生が尋ねました。

「車椅子に乗ったのは四谷さんだね」

「さようです」

今年になって四谷剛太郎が脳梗塞で倒れたことは、小林くんもニュースで聞いていました。死んだのではなく発作で倒れただけでラジオが報じるほど、剛太郎氏は戦後の今も各界に大きな影響をおよぼす人物だったのです。

「車椅子を使ってでも、ご本人がお越しになりたかったわけだ」

先生が素直に感心すると、溝沼はかすかに苦笑しました。

「主治医は反対したようですが……なにしろ相手が二十面相とあっては、お嬢さまやわれわれにまかせておけない。そう考えられたのでしょう」

北斎の一件では事態の収拾を秘書に一任したばかりに、二十面相にしてやられた剛太郎だったと、小林くんは思い出します。

溝沼が腕時計を見ました。

「あと二十分ほどで、約束の時刻になります」

午前四時三十分。

二十面相が訪問を約束した時刻です。

「訪問といっても、あいつはその手段を話さなかったんだろう?」

「その通りです」

落ち着いて聞こえますが、それでも小林くんは、溝沼の声から隠しきれない緊張を感じました。

「車で現れるならご承知の一本道ですし……」

警官隊が検問所を開設しています。もっとも弓削総監から、二十面相と四谷剛太郎の会談が終わるまで決して手を出さぬよう、命じられていると聞きました。

「まさか多摩川から上陸するとは思えませんが」

「それはわからないよ。潜水具をつけて遡るくらい朝飯前の奴さ」

明智先生は余裕しゃくしゃくでいいました。

「あいつのことだ。どんな手品を使うのか見当もつかない……たとえばだよ、溝沼さん」

「はい？」

先生は絨毯の廊下を振り向きました。扉から入ったとき黒眼鏡の男は駐車場にのこり、あとのふたりは溝沼たちに従いひとりずつ廊下の途中で立ち止まったのを、小林くんも気づいています。

壁に背をつけてこゆるぎもしない彼らの姿は、まさしく砦《とりで》の要所を守る衛兵でしたが、廊下がカーブするにつれ、二人の姿は次つぎと見えなくなりました。その彼らにも届くような声で明智先生がいうのです。

「二十面相がぼくに化けていたらどうするんだい」

サラリといってのけましたが、溝沼秘書はビクともしません。

「その心配はないでしょう……助手の少年を、ちゃんと連れてこられましたから」

「オヤ、あなたは羽柴氏が、偽の小林くんに騙された事件を知らないのかな」

「ご冗談を」

溝沼はしてやったりという笑い声をあげました。

「その偽者なら、檻《おり》にたたき込んでおきました。もう悪さをすることはありません」

「檻?」

おうむ返しをした先生。ハハン、カマをかけてくれてるんだ。小林くんがシメシメと思うのも気づかず、溝沼はつづけようとします。

「ええ、この下のフロアに……」

小林くんにはあいにくでしたが、このときはもう絨毯が尽きていました。すぐ正面がエレベーターです。デパートで見かけるものよりずっと幅が広く、みごとな文様で飾られています。どことなく東南アジアを思わせる意匠でした。

探偵と助手の隠密作戦

三人が前に立つのを見計らったように、エレベーターの凝ったドアが、ゆっくりと左右に開きます。内部の三方は黒い壁面で、精細な金糸を縫い巡らせた豪華な意匠に包まれていました。「失礼します」と断った溝沼が、まずケージ——エレベーターの籠のこと——にはいります。

すると小林くんがいいました。

「すみません、先生……靴紐がほどけたみたいです」

いったん絨毯の端にしゃがんでからすぐ立ち上がり、先生を追ってはいった少年は、好奇の目をキラキラさせせました。

「自動運転なんですね」

小林くんが知っているデパートのエレベーターには、操作役のエレベーターガールがついていて、ドラムのような丸い操作盤をハンドルでくるりと回し、客が注文する各階に停める仕組みだったのです。

でもこのエレベーターは違いました。籠にはいってすぐ右袖に銀色に光る縦長な帯があり、これがどうやら操作盤らしいのです。そこにはボタンが四つ、縦にならんでいます。〝開〟と〝閉〟、そして〝∧〟、〝∨〟と刻印されていて、今は〝開〟のボタンだけが明るく光っています。籠を降りた溝沼は廊下からふたりにいいました。

「弓削総監と中村警部は二階でお待ちです。∧のボタンを押せば自動的に上昇しますから。病人用の設計で昇降のスピードが遅いのはご容赦ください。ではどうぞごゆっくり」

〝開〟の光が消えて、扉はゆるゆると閉まりはじめます。見回した小林くんは、なんだか仏壇に閉じ込められたような気分になりました。……なるほど、扉はずいぶんのんびりした動きです。

でも先生に報告したい小林くんとしては、そののろさが好都合でした。

「……」

黙ったまま先生の目の前で、掌を拡げてみせました。さっき靴紐を結び直すと見せかけて、少年は絨毯の端からチョコンと顔を出していた探偵団のバッジを拾い上げていたのです。

「……これ」

口を開こうとした少年に、先生が首をふってみせました。

小林くんはすぐその意味を悟ります。

(この籠にもマイクがある)

うっかり話せば溝沼たちに筒抜けでしょう。

さあ困りました……口をきかずに会話する方法はあるのでしょうか。

ちゃんとありますとも。たとえば読唇術がそうですね。でもこの場合、ふたりはお互いのすぐそばにいるのですから、もっと確実なやり方があったのですよ。

おっと、その前に上りのボタンを押さなくては、エレベーターの外にいる溝沼たちに怪しまれますね。

だから小林くんは、声をあげてボタンを撫でました。

「こいつを押せばケージが動くんだ……エレベーターガールなしで操作できるなんて面白いや。先生、ぼくが押していい?」

意識して子供っぽい口をきく少年を、明智探偵は面白がっているみたいです。

「ウン、きみにまかせるよ」

「急がなくても、二十面相の約束までまだ時間はありますね」

「だめだめ。上で中村警部が待っている。下には秘書の溝沼さんもいる。いつエレベーターが必要になるかわからないから」

アア、もしかしたら読者のみなさんは焦《じ》れていますね、無駄話している場合じゃないだろうって。

とんでもない。無駄口どころかこの時間を使ってふたりが交わしたのは、モールス信号だったのです。相手の掌を受信機に見立て、人指し指でトン、ツー、トン、ツーと叩きつづけるその間、口ではのんびり別の会話をつづけたのですから、小林くんの忙しさったらありません。

〝ミツルガ下ニイルトイウノハ?〟

〝地下ダ。ヨクゴラン〟

手をのばした明智探偵は、ボタンがならぶ操作盤のいちばん下を押さえたかと思うと、ズルッとスライドさせたのです。

(あれっ)

小林くんが目を見張りました。

先生の手の中で銀色の帯がさらに下へ広がって、そこにもうひとつのボタンが現れたからです。そのあたりに細い亀裂があったことを、明智先生はちゃんと見つけていたのでしょう。新しく現れたボタンには0の数字が刻印されていました。

〝キミハ地下ニオリタマエ〟

先生の指が忙しく小林くんの掌を走ります。

私が二階で二十面相を待つ間に、きみは地下でミツルを捜しなさい。そういってくれたのでしょう。

(はい!)

小林くんが笑顔でうなずいたとき、停止したエレベーターの扉が開きはじめました。二階へ着いたのです。その先にはやはり絨毯が延びていますが、無人でした。

「ここだね」

先生がいいました。

「小林くん、私についてきなさい」

絨毯に足を踏み出した明智探偵が、改めて声をかけます。

「中村警部はこの先だろう。小林くん、足元に注意して」

いいながらズンズン歩いて行きましたが、もちろんそれは明智探偵のひとり芝居ですから、右折する絨毯に従い先生の姿はすぐ見えなくなって——。

エレベーターの籠にとどまった小林くんは、ひとりきりになりました。

「……」

少年はきゅっと唇を結んで、0階に下りるボタンを押しています。

サアこれからは小林くんだけで、四谷がつくった三層にわたる地下道を探検して、ミツルを助け出さねばなりません。

地下にひろがる四谷城

ゆるゆるとケージは下へ動きます。

最初の心配は、エレベーターを溝沼が呼んでいたらどうしよう、ということでした。

『ごめんなさーい。操作を覚えようとして降り損ねました！』

見え透いた嘘だな、と自分でもイヤになります。もう少しまともな嘘はつけないかな。

ウウン、いいんだ。開き直ってヌケヌケと謝ろう。溝沼だって明智先生の助手のぼくを、頭ごなしに怒るわけにはゆかないはずだ。それにまさか、ぼくがミツルを助けにきたとは思わないから……とかなんとか考えているうちに、エレベーターは一階を通過してくれました。

ああ、ホッとしました。

操作盤の0のボタンが明るく光ります。

いよいよ地下だ……溝沼が口を滑らせた通りなら、ミツルはこのフロアの〝檻〟に監禁されているはずでした。

ケージがしずしずと停まり、扉は音もなく左右に開きました。

開ききっても〝開〟のボタンは明るいままです。〝閉〟を押すか〝∧〟のボタンを押すまで——あるいは他の階から呼ばれるまで、このまま扉は開いているのでしょう。

操作盤の蔭から、そっと外の様子を窺いました。

皓々と明かりは点いているけど、シンとしています。

地下のフロアに外部の者が訪れることはないとみえ、床も左右の壁もコンクリート剝き出しで、お化粧ぬきの無愛想な廊下がつづきます。

外に出ようとして、小林くんは足を止めました。

カーブの角度がおなじですから、一階の廊下の真下に造られているのでしょう。むろん渓谷の地形に沿って掘削されたのです。

でも一階の廊下は、駐車場からエレベーターまで分かれ道ひとつなく、袋小路になっていました。するとこの地階も、しばらく歩けば駐車場に出る上り階段にでもなって、そこでおしまいになるのかな?

それでは〝檻〟がどこにあるのか見当がつきません。

(ウーン)

こっそりと小林くんは唸りました。

(落ち着け、ぼく)

少年は、先生に見せられた学園の設計図を頭の中で開きます。鉄道好きですから、ダンダラ縞の鉄道路線が走る地図も好きで、一度見ただけの地図でもスパッと思い出せるくらいでした。

図形の記憶力に優れていると、明智先生に褒められたことがあります。

いま小林くんはその能力をフルに発揮して、溝沼が漏らした地下の〝檻〟がどのへんにあるか想像しようというのです。

さっき二階へ上がった明智先生は、廊下をすぐに右折した……あれからもう一度曲がったとすれば、廊下はエレベーターの真後ろへつづくことになります。

設計図ではその方角に、応接室と理事長室が設けられていました。

学園の大半は工事中でも外部の客に応対する必要があるので、その一郭に限ってエレベーターや部屋を完成させたのでしょう。

(それなら地下のフロアでも、エレベーターの後ろに回れるんじゃないか……先生が仰っていた空白の部分ということだ)

結論づけた小林くんは、扉を出てもう一度左右の壁を眺めたのですが、……なんにもありません。コンクリート剝き出しの壁だけで、ケージの背後に回る道なんて見当たらないのです。つまりこのエレベーターは、通路のどん詰まりにありました。

(おかしいなあ)

危なく声を漏らすところでした。

敵――四谷の本拠ですから〝敵〟といっていいでしょう――の真《ま》っ只中《ただなか》にいるのに、小林くんは考えこんでしまいました。ミツルは確かに地下にいるはずでも、そこへ辿り着く道がないのです。

まごまごしていると、いつ、どんな敵が、ヒョイと顔を出すかわかりません。

それでもあるはずなのです、この籠の裏につながる通路が!

小林くんは、強情に動こうとしません。暑くも寒くもない地下でしたが、おでこに玉の汗が浮かびました。

——やがて少年の考えは決まった様子です。

(絶対、ここにある!)

籠の中央で仁王立ちしていた小林くんが、くるりと背中をむけて後ろの壁に近づきました。目を瞑ってスーッと壁面を撫でてゆきます。

仏壇みたい、と思った内装は黒地に金の糸をかがったような模様ですが、やがて少年は手を止めました。

中央に縦一線の筋がはいっています。

(壁じゃない、こいつは扉なんだ!)

次に小林くんは壁の左右を見つめ——なにもないのを確認してから、正面の操作盤に近づきました。ボタンがいくつも縦にならんだ操作盤、その上部にある〝開〟のボタン。扉は開いたままなのに、なぜか点滅をはじめたではありませんか。まるで小林くんに催促するみたいに。

指は迷いなく〝開〟のボタンを押し、期待に満ちた目で後ろの壁を見つめました。

壁そっくりだった扉が、音もなく左右に開きはじめます。ここはエレベーターの籠であると同時に、前後の扉を開放すればそのまま通路の一部となる仕組みだったのです。ヒュンと風が吹き抜けて、小林くんの頬を撫でます。ケージを介して前後の通路がつながったので、新しい空気の流れができたのでしょう。紀尾井町の地下道とおなじ、湿った土の匂いを小林くんは嗅ぎました。

ここにも人の気配はありません。おそるおそる顔を出してみると、やはりカーブした通路が延びていました。

陸王号を押す明智先生と覆道を抜けてからを思い出します。あのときの奥多摩の渓谷も左へ左へ押し出していました。おなじ曲線をなぞって穿《うが》たれた通路なのです。

天井のところどころに照明器具が嵌め込まれ、あたりは地下にそぐわない明るさに満ちていました。頭の中の設計図はこの先ずっと空白でしたから、もう当てずっぽうで進むほかありません。

わかっているのはふたつ上のフロアに、広い応接室と理事長室があることと、地下には四谷の兵器研究所と試作工場があったことです。一階があのエレベーターでおしまいということは、研究所兼工場が地階から吹き抜けの大規模な施設と思われます。

田園調布にあった四谷剛太郎の邸《やしき》は、四谷城とあだ名されていました。そこが焦土と化した今では、綾鳥学園の新築を隠れ蓑にして、小河内の一郭が新・四谷城として施工されたものでしょうか。

こうなると小林くんは、敵の要塞に潜入したスパイさながらです。エレベーターを通路代わりに乗り込むのですから、ここでもし見つかったら、どんな言い逃れもできません。

ゴクンと唾を呑み込んだ小林くんは、真剣な目で前方を睨みつけました。カーブのため見通しはきかず、左右に隠れる余地もなさそうで、背水の陣とはこのことです。だがもちろん、囚われたミツルを放っておけるものですか。

どこにマイクが仕掛けてあるかわからないので、小林くんは足音をたてないよう慎重に一歩を踏み出しました。

その瞬間です。

肩を後ろから摑んだ者がいます。

高圧電線に触れたように、小林くんの全身がビクッと痙攣《けいれん》しました。

そいつはいつの間に、近づいていたのでしょう。

いくら前方に注意を集中していたにせよ、カンのいい小林くんが、こうも見事に背後に立たれるなんて！

その後の明智探偵は

小林助手をエレベーターに残して、明智先生は廊下を二度右折しました。

(つまりここはエレベーターの真後ろだな)

小林少年どうように、記憶の中から二階の図面を取り出します。

窓はなく天井の照明が廊下をぼんやり照らしていました。突き当たりには、おおぶりな石像の首が飾られています。綾鳥学園の応接室へ導く廊下ですから、きっと名のある彫刻家の作品なのでしょう。

図面通りなら右は壁を隔ててエレベーター、左に応接室と理事長室があるはずで、なるほど左の壁には風格のあるチークの大きなドアが嵌め込まれています。

誰もいないのに、明智先生は声を強めました。

「ついてきなさい」

助手もいっしょという声のお芝居をしながら、探偵はドアの前に立ちます。取り出した手帖《てちょう》になにか書き込んだあと、ドアノブを回しました。重たげなチーク材が音ひとつたてずに開いたのは、施工が完璧だった証拠でしょう。

応接室は十二畳ほどの大きさで、重厚なたたずまいの洋間でした。

前方の壁は堂々としたガラス扉の書棚、左に二間幅の大ぶりな掃きだし窓。その外はバルコニーらしく、日のある内なら奥多摩の絶景が展開するはずですが、今は墨汁が溢れたような夜がとぐろを巻いております。

その窓際にたたずんでいた中村警部が振り向きました。手持ち無沙汰だったとみえ満面の笑みで探偵を歓迎した中村さんは、目で小林くんを探すように見えました。

その機先を制した探偵は小さく首をふってから、スラスラとしゃべりだしました。

「やあご苦労さま、警部。ふむ、さすが綾鳥学園だね。豪華なものだ。ああ、小林くんは、そのスツールに腰掛けなさい」

いいながら拡げた手帖を、警部の目の前に突き出します。

いったん目をパチクリさせた中村さんですが、明智探偵の手帖を斜め読みして、すぐニヤリと笑ってみせました。

「おお小林くんも、よくきたね！　いやあよくきたよくきた」

いかにもな芝居をはじめたのはいいけれど、少々オーバー気味だったので、明智先生は苦笑いです。

もちろん手帖には、小林くんが地下を探っている、盗聴器が仕掛けてあるからここにいるよう誤魔化してほしい。そんなことが書かれていたのです。

長年のコンビの警部ですから、一を聞いて十を悟るどころか、二十も三十も悟ってくれました。

「約束通りならあと十五分もすれば、二十面相が現れるはずだ。それまで小林くんもここで待っててくれ」

という警部の台詞を耳にした四谷の配下たちは、この場を覗かない限り、小林くんが応接室にいると信じきったことでしょう。

明智探偵が尋ねました。

「弓削総監はどこにおられるんだい」

「隣の部屋ですよ。春江理事長といっしょに待機中」

理事長室には奥まった小部屋が付属していますが、じかに出入りできる階段は山側一カ所だけのはずで、あとは応接室を通らねばなりません。そこで総監と警部は手分けして、それぞれの出入口を固めたのだと思われます。

「ではぼくたちはここにいさせてもらうよ。春江女史が苦手なんでね」

「実は私もおなじ意見でして、明智さん。うちの女房も口やかましいが、あの女性に比べれば可愛いもんだ」

「おいおい、ここは彼女の学園だぜ。万一聞こえたら後が怖いぞ」

「なあに、心配しなくても壁も扉も防音はしっかりしていますよ。盗聴器が仕掛けてあれば話は別だが」

ぬけぬけと警部はいい、ふたりで声を揃えて笑いました。四谷の配下が盗聴していたのなら、さぞ渋い顔をしたことでしょう。

「弓削総監閣下はよく彼女と一対一でいられるな。あのタイプの女性に強いのかね」

「ああ、総監はなにがあってもカエルの面に水だから」

ひどいことをいいますが、そんな冗談がいえるほど上司を信頼する中村さんだったのです。明智も笑顔でうなずきました。

「戦時中は、軍の横車をずいぶん抑えてくれたらしいね……退役陸軍中将の肩書で」

「確かにあの人の尽力で助かった局面が多々ありましたよ」

警察と軍隊の仲が悪いのは、日本の伝統といえるほどです。それだけに中村警部も真顔でした。

「空襲で邸も家族もすべて失っておられるのに……ご本人としても九死に一生だったそうですが、それを契機に人が変わったような精励ぶりでね」

明智探偵の表情が曇ります。

「とはいえ、弓削さんがこのまま総監でいられるのは長くないだろう」

「客観的に見てそうでしょうな」

暗い顔になった警部もいいました。戦争中はものをいったもと中将の肩書ですが、マッカーサーに日本の統治権が移った今、かつての軍籍を理由に弓削さんがいつ免職になってもふしぎはなかったのです。

「だからいっそう焦っていますよ、総監は」

「というと」

「自分が総監である間に、古く悪しき日本の亡霊を根絶やしにする。そう囁かれたことがあります……え？」

黙って鉛筆を走らせていた探偵が、書き上げたメモをヒョイと警部に見せました。

〝四谷剛太郎も亡霊のひとりでは？〟

(確かにそうですな)

警部は情けなさそうに笑います。戦前戦中を通じて、日本の上層部に隠然たる影響力を持ちつづけた四谷財閥こそ、旧体制のシンボルでしたから。

それでも警視庁の役人であってみれば、四谷から相談をうければ、あえて護衛役を務めねばなりません。

思い出したように、明智探偵が尋ねました。

「今年になって四谷氏が倒れたそうだが……」

「ああ、そのことですか」

軽い調子で警部は答えました。

「大したことはなかったそうです。すぐ仕事にもどったとか」

……といいながら手を出したのが、手帖を貸してというゼスチュアと見た明智は、鉛筆といっしょに渡してやります。

そんなやりとりの間にも、ふたりの会話はつづいていました。

「そりゃあよかった。なんといっても剛太郎氏あっての四谷財閥だからね」

「そうですとも。跡継ぎの春江女史では一門にまだ抑えがききません」

しゃべりながらも警部の鉛筆は淀みなく走り、書き上げたページを明智の前に拡げて見せました。

〝実は予後が悪い。今後、四谷の司令塔を、務められるかどうか？〟

メモを横目に、探偵の言葉は軽やかにつづきます。

「剛太郎氏さえ健康なら、当分四谷の天下がつづきそうだね」

警部の鉛筆が走りました。

〝倒れて以来、深刻なボケ症状！〟

文末の感嘆符に力がこもって、鉛筆が折れてしまいました。

「ウンウン。それなら彼女もひと安心だろう」

〝本人は頑固に大丈夫といい、娘は困惑中〟

折れた鉛筆での走り書きは疲れるとみえ、警部は当たり障《さわ》りのないおしゃべりに切り換えました。

「……まあとにかく剛太郎氏は意気軒昂でしてね。今日も二十面相とじかに会って、説教してやると仰る」

「なるほど。それで怪盗を手ぐすねひいてお待ちのわけだ」

「あまりはりきりすぎてもと、隣室のベッドで時間まで横になっていただいています」

「医師やナースは詰めているのかな」

「いや、今夜は春江理事長だけで仕切ってますよ。他人の介入はお断りだそうです」

いいながらも、明智が差し出したスペアの鉛筆を受け取ると、またもや手帖に書きつけました。

〝周りがボケに勘づいたら、四谷財閥は大荒れ必至！〟

「それが心配だから大事をとっているわけか……なるほど」

ふたりいっせいに溜息をつきました。手帖には本音を書き、口では溝沼たちに聞こえてもいいことをいう。手も口も忙しくて、今にも書くことということがあべこべになりそうで、草臥《くたび》れてしまったのです。

思い直したように、ドアを見た警部が呟きました。

「遅いですな……イヤなに、二十面相の到着です。ああ、もう少し時間があるのか」

急いで首をふった探偵に気づいて、警部はあわてて誤魔化しました。危ない危ない、もう少しで小林少年の名を出すところでした。

警部だけではありません。読者のみなさんだって、小林くんがあれからどうなったか心配のはずだから、先ほどの場面に時計の針を逆もどりさせましょう。

その後の小林少年は

その瞬間です。

肩を後ろから摑んだ者がいます。

高圧電線に触れたように、小林くんの全身がビクッと痙攣しました。

(ああ、しまった、しまった。前にばかり神経を使って、ぼくの背中はガラ空きになっていたんだ！）

こうなっては仕方ありません。たとえ見え透いた言い訳でも、迷子になったふりをしてみよう。

とっさに腹を決めておそるおそる振り向くと、黒眼鏡の男が立っていました。たしか駐車場に残っていた衛兵のひとりです。

と思ったのですが——なんだか様子がおかしいのです。自分の口に指をあてた彼は、眼鏡を外しました。特徴のない三十年配の顔立ちですが、ふしぎなことにその顔を小林くんは見たような気がします……それもごく最近。

すると男は、ポケットから取り出したなにかを、鼻の下にあてがいます。それはぴたりとくっついて、口髭になりました。

（ああっ）

声をあげそうになった小林くんは、どうにか口を塞ぎます。

彼はついさっき会ったばかりのクライスラーの運転手でした。そのときは警官の制服でしたが、今は黒いスーツ姿です。

なにがどうなったか目が回りそうな気分でしたが、そこは小林くん、なんとか事態を理解しました。

（こんな鮮やかに敵に化けるなんて、警官にできることじゃない。するとこいつは二十面相なのか？　総監の運転手役に化けて、まんまと四谷の本拠に潜り込んだ……駐車場に残った衛兵を気絶させるかどうかして、入れ代わったんだ！）

そうでした。四時三十分に理事長室を訪問するというのが、二十面相の約束でしたから。そしてその時刻はあと十五分余りに迫っていたのです。

気がついたらしいな。

そういいたげにニンマリと口角をあげた男は、ふたたび口髭を外し、黒眼鏡をかけました。

ふだんなら敵同士ですが、四谷の本拠を探っている間は共同戦線を張っていてよさそうですし、彼もそのつもりなのでしょう。

衛兵役にもどった男はヒョイと手をのばして、壁を探りました。小林くんは気づきませんでしたが、そこに生えていた小さなつまみを引っ張ると、高さ一メートルほどの戸が手前に開きました。内部には電話の自動交換機のような、黒光りする機械が取り付けてあります。縦にいくつも小さな窓がならび、そのひとつひとつに〝一階廊下A〟だの〝二階エレベーター前〟だのと記されていました。

（盗聴器のマイクが仕掛けてある場所なんだ）

小林くんが想像した通りです。戸の裏に下がっているレシーバーを渡され耳にあててみると、だしぬけに聞き覚えのある声が流れてきました。ポッンと光る小窓には、〃二階応接室〃と記してあります。

「あと十五分もすれば、二十面相が現れるはずだ。それまで小林くんもここで待っててくれ」

（中村さんだ！）

「弓削総監はどこにおられるんだい」

つづいて明智先生の声が聞こえます。この様子だと応接室にいるふたりは、小林少年の同席をうまく擬装しているみたいです。

「わかったね」

耳元で今度は生の声が聞こえました。

男が囁きかけているのです。心配そうな少年に抑えた声でつづけます。

「大丈夫。天井のマイクは離れているから、この戸を盾代わりにすれば声を拾われずにすむ」

そう説明する黒眼鏡を、小林くんはまじまじと見つめました。二十面相なのか、それとも……。

相手が二十面相なら、台風の夜いたるところから雨漏りする邸を守って、壺だの大皿だのを持っていっしょに奮闘した仲です。そのときの会話を思い浮かべると、どうも二十面相とは違うようです。

それでそっと声をかけてみました。

「河合さん……だよね？」

返事はありませんでしたが、黒眼鏡はにんまりと笑ったみたいです。

(じゃあ本当の二十面相はどこからやってくるんだろう？)

小林くんの疑問をよそに、河合が戸の裏側を指しました。

そこに地下道の地図が書かれており、小林くんは目を光らせます。明智先生が中村さんからもらった設計図では、空白になっているスペースにも、ちゃんと書き込みがしてありました。

(この通路を行けば、右に格子の描かれた部屋がある……ン？)

ピンときました。

(これがきっと檻なんだ)

ミツルが囚われている区画だと確信しました。少年の考えがわかったのでしょう、河合も大きくうなずきます。

見取り図に距離は書き込まれていませんが、〝檻〟までは一本道で目と鼻の先だと思われました。

そしてその先には、それまでとは比べものにならない大きな空間が広がっています。四谷の兵器研究所と試作工場に違いありません。左側には渓谷にじかに面した出入口もあるようです。

地下の構造を把握できた小林くんは、気が急《せ》きました。

四谷城になん人の衛兵が配されているかわかりませんが、少なくとも溝沼とその部下があとふたり、それに修羅の殺気をまとった戦士――サージェントもいるはずでした。

歩きだそうとする小林くんに、河合がポケットから出したロープの束を見せました。

「両手を後ろに回したまえ」

ロープの一端を手にした彼は、もう片方の端を小林くんに握らせます。

「みつかったときの用心だ」

河合が耳打ちしました。

頭の回転の速い小林くんは、すぐにロープの使い道を悟ります。もし敵に出くわしたら、河合が化けた黒眼鏡に捕まって縛られたふりをしろというのでしょう。

うなずいた小林くんは、先を進む男のロープに引かれる恰好をしながら、地下の通路を前進して行きます。

短いカーブを通りすぎると、あとの通路は直線です。照明が少ないので見通し辛いのですが、正面は両開きの扉で塞がれています。鈍い光の金属製でした。航空機の機材である軽くて堅牢《けんろう》なジュラルミンでしょう。その扉の先が、研究所と工場――空間の巨大さから察すると、装甲列車はともかく戦車やヘリの駐機場くらいは併設していそうです。

歩きながら注意していると、右の壁にさっきとおなじつまみをみつけました。きっと盗聴装置の操作盤が隠してあるのでしょう。このシステムによって、衛兵たちは巡回中の任意の場所から、構内のどこの声でも拾えるのです。広い四谷城ですが最小限の警備で足りるのがわかりました。

目を瞑った小林くんは、操作盤に付属していた見取り図を思い出そうとしています。そう、もう少し行けば、左側に階段があるはずでした……パチッと目を開けると、予想通りそこは階段の下り口だったので、記憶にちょっぴり自信がついたようです。

この階段は一階を通り越して二階の理事長室まで延びているのでは。エレベーターが表玄関とすれば、こちらはいわば勝手口かも知れません。あの設計図には、理事長室の山側にドアがありました。きっとこの階段につながっているのでしょう。

でも今は階段よりミツルを捜さなくては。慎重に進む河合に従って、小林くんは〝檻〟

があるはずの右側の壁を注視して歩きつづけます。

いくらもゆかないうちに、右の壁面がガラス張りになりました。天井から床までつづくガラス窓でしたが、照明がないので内部の様子はわかりません。

小林くんは懐中電灯を取り出しました。地下探検では電池切れのため苦労しましたから、電池は新品が入れてあります。

電灯を窓に向けてもガラスの反射が強くて、おいそれと中は見えませんが、根気よく光をふるうちにようやく見当がついてきました。

それはまるで博物館の内部です。天井を支えるなん本もの柱の間に、大小さまざまな棚があり梱包された品物が載っています。中には包みが破れて、仏像のものらしい首が覗いているものもありました。

(財宝をここに集めたのか……)

そう思って観察すると、螺鈿《らでん》細工が施された厨子だの金ピカの仏具だのが、剝き出しで並んだ棚もあります。なおも光を移動させていると、ひとつの棚越しになにやら動く気配がありました。

(ミツル?)

影は床に座り込んでいたので、棚の縦板が邪魔になってよく見えません。焦って懐中電灯を往復させても、廊下から内部を見るには限界があります。

ガラス壁の左右に目をやって、くぐり戸らしい木の扉をみつけました。押してみると簡単に開きます。四谷城の中ですから施錠の必要なぞないのでしょう。

河合をふり返って囁きました。

「調べてみる！」

返答も待たず扉の中へ飛び込んで行きます。

懐中電灯をふると、くわっと口を開けた神像だの、みみずがのたくったような文字の掛け軸だのが光の輪に浮き上がりましたが、肝心のミツルはどこにいるのか、高低さまざまな飾り棚が入り組んで据えつけられているせいで、簡単には彼女の所在が摑めません。

そのとき小林くんの耳に届いたのが、チリチリという鈴の音でした。貝殻に仕込んで首の動きで自在に鳴らすことのできる鈴。

「ミツル！」

やっとみつけた嬉しさで、小林くんが大声をあげたのも無理はなかったのです。

彼女は柱の一本を背に座らされ、細引で厳重に縛り上げられていました。手拭いで口を塞がれていたので、鈴を鳴らしたとみえます。

（今ゆく！）

駆け寄りたいのは山々でしたが、ミツルが縛りつけられた柱までは距離があり、間に宝物の棚がややこしく立ち塞がっています。

にわかに背後で怒声があがりました。

「小僧、なにをしている！」

えっ……小林くんが驚いたのも当然です。開けっ放しだったくぐり戸から、大声で咎《とが》め立てしたのは河合だったのです。

戦いは檻の中と外で

事情はすぐにわかりました。黒いスーツの男――小林くんが衛兵に見立てたふたり――が、駆けてきた姿がガラス越しに見えたのです。一階で監視役を務めていた男たちが、盗聴装置を通してミツルを呼んだ小林くんの声を聞きつけたに違いありません。

河合が怒鳴ったのは自分の正体を隠すためと、小林くんに警告するための、ふたつの意味があったようです。

「檻にいるぞ！」

「なにをグズグズしている、サージェントも呼べ！」

廊下でぼんやりしているように見えた河合を小突いて、その前をふたりが走りすぎようとしたとき、河合がひとりの足をすくいました。もののみごとにつんのめらせてから、もうひとりの鼻面に痛烈なパンチを浴びせます。ガラス越しに確認できたほど盛大に鼻血を噴き出しながら、男は棒のように倒れました。

だがさすがに、衛兵の彼らは頑強です。

先につんのめったひとりは立ち上がってくぐり戸へ突進してきますし、鼻血の男は倒れたままの姿勢で河合の足首を摑みました。

反撃する河合と取っ組み合いになりましたが、小林くんだってまごまごしてはいられません。

檻に入り込んだ男めがけて、手近な棚から取り上げた花瓶を叩きつけました。景気よく花瓶の割れる音があがって、

「あっ、待て！」

花瓶は外れたものの、狼狽した男がわめきました。

「その品物が、いくらすると思ってる……ぎゃっ」

もうひとつ投げた壺は、今度は間違いなく男の眉間に命中です。

「やめないか、ガキ」

やめてたまるか！　花瓶と壺を合わせれば、小林くんの食費なん年分かになりそうですが、ここで捕まるわけにはゆきません。

三発目、目の前の銅壺《どうこ》をぶつけるつもりでいたら、こいつは少々重すぎました。まごつく間に男の猿臂《えんぴ》が胸ぐらを摑もうと伸びてきます。危ないところで小林くんが、壺を回転させて男の足元に転がすと、飛び越え損ねた相手は壺に押されて転倒しました。クワーンと澄んだ音といっしょに、

「いててて」

情けなく悲鳴をあげています。

もうこうなれば、あとは逃げの一手でした。

薄暗い檻の中で死に物狂いの鬼ごっこがはじまりました。高低さまざまな棚が入り組んで置かれているのは、搬入したまま整理前なのでしょう。その間を縫って走る小林くんに、男がなかなか追いつけないのは財宝を傷つけないよう、おっかなびっくりで走っているからだとみえます。

逃げる小林くんにしても、河合ともうひとりの男との格闘の結果が気にかかります。ガラスの向こうを気にしながら走ったせいで、とんだ失態を演じました。コの字形に置かれた棚の間へ追い込まれてしまったのです。

あっと思ったときは、背後に男が肉薄していました。

仕方なく小林くんは、一番低そうな棚を飛び越えました。

イヤ、そのつもりだったのですが、ジャンプするには助走距離が足りません。

(しまった!)

爪先を仏像の錫杖《しゃくじょう》にひっかけて、ものの見事に転げ落ちてしまいました。跳ね起きようとしたときはもう遅く、男の大きな体がのしかかってきたのです。のばした両手が少年の首を絞め上げます。

体重の差だけではない、万力みたいな馬鹿力でした。

こうなると小林くんは、展翅板《てんしばん》にピン留めされた蝶《ちょう》みたいに、ピクリとも体を動かすことができません。男は首を絞める力をいっそう強めました。きっと溝沼に、侵入者は殺せと命じられているのでしょう。

小林くんも必死です。相手の胸に両手を突っ張らせて、男から抜け出そうとしましたが、敵は圧倒的でした。

プレス機に押しつぶされるみたいに、ジリッ……ジリッ……と、首を絞める力が強くなります。

小林くんは、声を出すこともできません。

頭がボウっとなってきました。

ふだんそんな弱音を漏らす少年ではないのですが、このときだけは特別です。頭の中で

(助けて、明智先生!)

そう叫んだときでした。

ゴン、と硬いもの同士がぶつかりあう音がしたかと思うと、不意に男の腕力が消え失せて、全身をぐったりと小林くんに預けたきり動かなくなりました。

え……?

のしかかったままの男の下から見上げた小林くんは、びっくりしました。

立っていたのは、ミツルでした。

明かりが乏しいため薔薇色の小袖も薄墨色に見えますが、紛れもなく彼女です。顔半分を覆った手拭いをかなぐり捨て、口に詰め込まれていた布を勢いよく吐きだしました。

「ペッ、ペッ……ああ、息が苦しかった」

その足元でカランと音がしたのは、独鈷《とっこ》といって青銅製の仏具です。棚に載っていた宝物のひとつでしょう。長さは一メートルほどもありました。

「こいつでブン殴ったら伸びちまった。芳雄、出てこいよ」

気楽な調子で手をのばします。

その手に引かれて、男の体から抜け出した小林くんは、呆れ顔でした。

「ミツル、縛られていたんじゃないのか」

「ウン、そうだよ」

「じゃあどうして……」

聞かれた少女は得意顔です。

「芝居でいろんなこと覚えたんだ。トンボも早変わりも……縄抜けだってそのひとつさ。アメリカ人て不器用だね。あんな縄のかけ方じゃあ、縛られるとき少し手の角度を変えておくだけで、手首を返せばスルッと抜けられるよ」

銃声一発——そのときの地階

「遅れてすまん」

くぐり戸から声をかけたのは河合でした。どうにか衛兵の始末をつけたみたいで、まだ息を荒くしています。

「兄貴！」

手をふったのはミツルです。

彼女からすれば二十面相配下の先輩の河合は、兄貴分ですね。檻の中の様子がわかったとみえ、兄貴がホウと感心しました。

「小林くん、そいつを倒したのか。大したものだ」

称賛されて、小林くんは照れくさそうです。

「ぼくじゃないよ。気絶させたのはミツルだよ」

「というわけさ。ヘッヘッ」

廊下へ出ようとする少女を迎えて、河合が注意しました。

「油断するな。まだ厄介な奴がいる……」

その言葉はキイイと軋む音に遮られました。突き当たりの金属の扉が開いたのです。チラと見えた内部は駐機場の一部のようで、顔を出したのは河合のいう〝厄介な奴〟――ウイン軍曹でした。

「今『ショーリュー』の給油中だ……なにっ？」

「ショーリュー」は日本語でたぶん「昇竜」と書くのだと思いましたが、それがなにものなのかは小林くんにもわかりません。

ジュラルミンで遮蔽された駐機場では廊下の格闘に気づかなかったとみえ、はじめ河合を仲間と誤認した彼が、たちまち戦士に変貌しました。倒れた黒服を見て目の前の男を敵と認識したのです。

気合もかけずポーズもとらず、サージェントは猛烈な速度で拳を突き出しました。無造作な動きに見えて、それはおそろしい打撃力でした。まだ檻の中にいる小林くんさえ、ブンという空気の鳴る音を感じています。さすがに河合は間一髪でよけたものの、よろめいて大きく体勢を崩しました。

「危ない、兄貴!」

くぐり戸にいたミツルが金切り声をあげたとき、

「どいてっ」

小林くんの鋭い声、つづいてミツルの肩越しに短い矢が飛びました。短くても威力は十分で、扉を支える太い柱に矢はグサリと突っ立ち、鳥の尾羽みたいにビリビリと震えているのです。

「うおっ?」

危うく矢をよけたサージェントは、くぐり戸の向こうからクロスボウ——またの名は洋弓銃を構える少年を睨みつけました。

手近な棚でみつけた小林くんだったのです。

古代ギリシャから伝わるクロスボウは、あらかじめ台座に強力な弓を取り付けて引き金を引くだけですから、非力な素人でも十分に使いこなせる武器でした。

東南アジアの財物としては異色でも、その棚には蘭領《らんりょう》東インドから奪った品が並んでいたので、宗主国オランダから伝わったのでしょう。

「動くな！」

台座の上で水平に弓を構えたまま、檻のくぐり戸から一歩踏み出した小林くんの叱咤《しった》。

「芳雄、凄い！」

ミツルはいいますが、小林くん自身は冷や汗をかいていました。クロスボウの扱いなら明智先生に遊び半分に教わっていたものの、二本目の矢を用意する暇がなかったからです。くぐり戸の蔭になって見えないだろうと、ハッタリをかけたに過ぎないし、実はミツルも次の矢がないのを承知で声を張ったのです。

「かまうもんか、芳雄！　銀座であたいを捕まえたのは、あいつだよ！　射っちゃえ、射っちゃえ！」

オーバーな声援で時間を稼ぐ間に、ジャックナイフを拡げた河合が臨戦態勢をとれば、サージェントもさらに闘志に火がついて、ファイティングポーズを決めた様子でした。

「動くな！」

怒鳴りつける小林くん、「次に動いたら射る！」

「やってみな」

英語でも、それくらいは敵の表情でわかります。

「まずいよ」

ミツルが囁きました。

「バレてる」

その通りというように、ウィン軍曹が白い歯を剝き出します。ふてぶてしいったらありません。

くそっ、笑ってやがる。

「カモン！」

サージェントの大喝は、河合と小林少年の双方に向けられました。

獲物を狙う豹のように体を低くし、次の瞬間全身を巨大なスプリングにして跳躍するつもりでしょう。反射的に小林くんは後ずさりします。

その、とたんです。

にわかにあたりが暗くなりました。廊下の照明がすべて消えたのは、敵の仕業か味方によるのでしょうか。

隣り合った駐機場の照明は生きており、半開きの扉から光がカッと溢れ出たので、行動に不自由はありません。

とはいえ電源が落ちた事情が不明では、四人も動きがとれません。睨み合ったまま足を止めた全員に、追い打ちをかけたのが遠くの鋭い破裂音でした。

「銃声だ」

河合につづいてサージェントの断定。

「コルト・ガバメント、M1911」

拳銃の名前などわからない小林くんでも、音の方角はわかります。

(二階だ！)

応接室か、それとも理事長室か。なにが起きたというのでしょう。いったい誰が誰を撃ったというのか？

銃声一発——そのときの二階

ここでまた読者のみなさんのために、時計の針を少しだけもどしましょう。

「時間ですな」

腕時計とにらめっこしていた中村さんが断定すると、やはり自分の時計を見つめた明智探偵が同調します。

「まさに予告の時間だね」

いうまでもありません、二十面相が訪問する約束であった四時三十分。場馴れしている中村さんも、緊張を隠せません。背後のバルコニーを一瞥《いちべつ》してすぐ、理事長室に通じるドアを睨みつけたとき。

照明がフッと消えました。

地階には電源系統の異なる駐機場がありましたが、二階は一系統だけらしく、ものの見事に暗黒の空間となりました。

こんなときでも明智先生はあわてません。ポケットから取り出した懐中電灯が頼もしい光を吐きだしました。

だが、その瞬間。

鼓膜に染みる破裂音は、紛れもなく銃声です。

つづけざまに二人の悲鳴――ひとつは男のしゃがれ声で、もうひとつは女の声――があがりました。ほとんど同時になにかが落下し、なにかが倒れた音。状況は不明でもただならぬ変事でした。少なくとも悲鳴の主のひとりは四谷春江女史です。

「理事長室だ！」

わめいた警部は扉に突進しました。

「総監閣下！　ご無事ですか！」

ドアを押しましたが開きません。あわてて引いても動きません。

「横に引くんじゃないか？」

明智探偵に注意されて、警部は赤面しました。重い二枚の扉は敷居代わりのレールの上をスライドさせる仕組みでしたから。ベテランの中村さんですら急場で度を失ったのです。

警部が扉を開放すると同時に、探偵の持つ懐中電灯の細い光が理事長室を走り、まるでその光から身を隠すように、扉の閉まる音が正面にあがりました。

即座に明智探偵は、頭の中で二階の設計図を拡げます。

正面には階下へ下りる階段がありました。閉じられた扉の向こうが階段室で、たった今何者かが下りていったということです。

「待て！」

怒鳴った中村さんが部屋を突っ切ります。中央に鎮座する大型のテーブルと、右手の飾り棚を背にした椅子の間を駆け抜けようとしましたが、この暗い中では少々無謀な行動でした。

「うわっ」

警部はもんどりうちました。

椅子とテーブルの間に、春江が倒れていたのです。転倒した警部の足がなにかを蹴ったとみえ、金属音が響きました。

「大丈夫か、中村くん」

深みのある低音は、明智探偵も聞き覚えのある声でした。

「そ、総監こそお怪我《けが》は！」

中村さん自身は床に投げ出されたクッションに倒れ込み、どこも痛くはありません。立とうとして、なにか重くて硬いものに触れました。

「なんだ？」

掴むとそれは重量感のある燭台《しょくだい》です。飾り棚から落ちたものと思われますが、暗い中で確かめる暇もなく、警部はようやく階段室への扉に飛びつきました。むろんもう誰の気配も残っていません。

さすがに明智探偵は沈着で、中村警部に助言しました。

「下り口にあるんじゃないか、安全器が」

その階段なら階下につづく一本道です。一階には階段のスペースがないので、じかに地階まで延びているのでしょう。

いわば階段は、理事長室の裏口に当たるわけです。

ヒューズ内蔵の安全器の蓋を開ければ、回路が開いて電源が落ちます。そんな仕組みはふつう家屋の裏口にあるので、階段室付近におなじ設備があるだろうと、明智探偵は推測したのです。

(何者かが電源を切って発砲し、階段を下りたのだ)

そう考えて階段室へ明かりを投げましたが、気がつくと、弓削総監が体をかがめる気配です。

「弓削さん、なにか?」

「足元へ滑ってきたものがある。これだ!」

弓削が立ち上がるにつれて、カタンという音。懐中電灯を向けると、ハンカチに包んで拾い上げた銃を、弓削がテーブルに載せたところです。

「コルトMらしい……いや、それよりも!」

総監が声をうわずらせました。

「四谷さんだ、たぶんこいつに撃たれた!」

そうか、四谷剛太郎は総監の左——大理石の暖炉を背負う位置についていたのか。

明智探偵の脳内で、配置図が展開しました。応接室どうよう十二畳ほどのスペースの中央を、楕円形《だえん》の大型テーブルが占領しています。駆け込んだ明智探偵から見れば、右側の椅子に春江女史、左に弓削総監。そして春江と向かい合う形で車椅子の四谷剛太郎がいたと思われます。

自分の椅子を押しのけた弓削が、テーブルを回ってしゃがみました。懐中電灯が総監を追うと、光の中に現れたのは無人の車椅子。椅子の主は床に滑り落ちたのでしょう。

ではもうひとつの悲鳴の主は、四谷剛太郎だったのです。

果たして弓削総監の悲痛な呻《うめ》きがあがりました。

「即死されている」

(!)

まるでその宣告にスポットを浴びせるように、部屋全体が真昼の明るさを取り戻しました。吊るされていた二基のシャンデリアに灯がはいったのです。

明智探偵の推測通り、安全器を警部が発見してくれました。

だが、しかし。

「四谷剛太郎……」

弓削に並んでその場に膝をついた明智が、呟きました。言外に複雑な意味をこめて。

戦前から戦中にかけて、大日本帝国の軍事力を支えつづけた財界の領袖《りょうしゅう》は、車椅子の足元で物言わぬ骸《むくろ》と化しておりました。

テーブルの反対側から駆け寄った中村さんも、茫然と遺体を見つめるばかりです。暗闇だったさっきまでを思えば、理事長室は今や光の海と化しています。その海で溺死したような四谷老人の姿は、放り出された渋紙の束そっくりでした。

総監の信頼があついとはいえ、中村警部は警視庁では下っ端の役人に過ぎません。四谷の盛名は聞いてもじかに会う機会なぞ、とうとう一度もなかったのです。死者には申し訳ないが、権威の実体はこんなちっぽけな年寄りだったのか……それが警部の、率直な感想だったように思われます。

「胸にただ一発か……」

「即死でしょうね」

「苦しむ暇もなかったろう」

「本人にとっては不幸中の幸いでした」

弓削につづいて明智も立ち上がりました。中村さんと共に、遺体を暗然と見守るばかりです。

その三人の耳に、金切り声が突き刺さりました。

「パパ！」

弓削総監と警部の間に割り込み、力まかせに父親を揺すぶったのは学園理事長の春江女史です。失神から覚めた彼女の目は、悲嘆と疑惑でギラギラと光って見えました。

剛太郎になんの反応もないと知って、彼女は怒号をあげました。

「早く、医者を！」

黙っている男たちを見て、地団駄を踏まんばかりです。

「なにをグズグズしているんです、さっさと……！」

「残念です……」

弓削の低い声が、彼女の興奮に水を差しました。

「四谷氏はお亡くなりになった」

「なんですって！」

「心臓を撃たれている……手の施しようがありません」

宣告された春江は、雷の直撃を浴びたように見えました。

「そんな、……そんなはず、ないわ……」

自分に言い聞かせるようにわななく声でした。

「誰が、パパ……剛太郎を射殺したというんですか！」

殺人犯はどこへ消えたか

問題はそれです。

明かりが回復したとき、この部屋にいたのは明智・中村・弓削・春江の四人でした。だが、明智探偵と中村警部は銃声を耳にしてから飛び込みました。当然、剛太郎氏を撃てたはずはありません。

「二十面相ですよ！」

断言する春江に、中村さんはあっと思い当たった様子です。

「そういえば！」

いまさら時計を見なくても、彼が約束した時刻はとうに過ぎています。

「階段室の扉の蔭、そこに隠れていたんだわ。停電させたその隙に、父を射殺して階段から逃げたのよ！」

「おお、なるほど……」

なるほどと警部はいいましたが、そう簡単には納得できかねます。

二十面相は拳銃の名手ですが、人を殺したことはありません。

〝相手を怪我させることはあっても、断じて命をとろうとはしない〟

それが二十面相の自分に課したルールでした。現に北斎の事件のときも追い詰められながら、決して殺人の禁忌を破ろうとしなかったのです。

不意に明智がいいました。

「コルトはどこから出現したのでしょうね」

ハッとした様子で、春江はテーブルの上を見つめました。

弓削の鑑定によれば、それはコルトM1911——ジョン・M・ブローニングの設計によるセミ・オートマチック拳銃です。

中村警部が、近々と顔を寄せてその銃を観察しました。

「なるほど。ごく最近に弾丸を発射したばかりです……これがテーブルの下にあったのですか」

警部の質問に弓削が答えました。

「あった、というより床を滑ってきて、私の足にぶつかった。そんな印象だが」

「ふむ……するとこの銃は」

警部がなにかいおうとすると、女史の金切り声が遮りました。

「決まってるじゃないの！　扉の蔭から撃った二十面相は、そのコルトを捨てて階段を駆け下りたのよ！　それを警部さん、あなたが蹴飛ばしたから……」

「テーブルの下をくぐり抜けて、私の足元へ滑ってきた、と？」

「それしか、射殺のチャンスはなかったでしょう！　さっさと階段を下りて、二十面相を捕まえなさい！」

まるで自分が警視総監になったみたいに、女史が居丈高に警部に命令したとき、開けっ放しだった階段室の扉から、上ってくるなん人かの足音が聞こえました。

(二十面相がもどってきた？)

さすがの中村さんも愕然《がくぜん》と足をすくませます。

「いやああっ」

絶叫した春江が顔を両手で覆い、警部が彼女をかばったとき、足音の主たちが顔を見せました。薄暗い階段室を抜けてシャンデリアの光を正面から浴びた少年と少女。

「銃声を聞いて上がってきました」

「小林くん！」

笑顔になった明智探偵が迎えると、少年もパッと嬉しそうな顔になりました。クロスボウを抱えたまま叫びます。

「先生！　ここにいらしたんですね」

「小林くん、きみはどこから上がってきたんだね」

「はい、地階です」

少年の蔭から、ミツルも顔を見せました。こちらは檻でみつけたとみえ、クロスボウの矢を抱いていました。

「ここの地下、東南アジアから集めたお宝がいっぱいだよ。そこに捕まっていたんだ、あたい」

春江女史はそっぽを向いています。ひとつ咳払いしてから中村さんが尋ねました。

「聞きたいことはあるが後回しだ。まず教えてほしい、きみたちは銃声をどこで聞いたんだね」

「地階の廊下です」

「この階段の下り口の、すぐそばだよ」

小林くんとミツルが答えます。

「では停電のときも、そこにいたわけだ」

「はい」ふたりの返答が重なりました。

「きみたちの他に、誰かいたかね？」

「いました。ひとりはウィンと名乗るアメリカ人の軍曹です」

「ウィン？　というと」

「このおばさん……」

いいかけた小林くんは、訂正しました。目上の人に失礼だと思ったのでしょう。礼儀正しい少年ですからね。

「学園理事長の先生ならご存知のはずです。進駐軍の兵士だけど、たぶん理事長先生に雇われています」

「知りませんよ、サージェントなんて！　……あっ」

口走ってからあわてて後を誤魔化そうとしましたが、失笑する人さえいません。どうせバレバレのことなのです。もう一度咳払いして、中村さんが質問を重ねます。

「その他には誰がいたね」

「ふたりいたけど……エート、目を回していました」

クスッと笑うミツルを睨んでから、つけくわえます。

「まだいました。二十面相の部下の河合っていう人です」

「二十面相！」

横を向いていた女史が、大きく反応して少年たちを睨みました。

「やっぱりきていたんですよ、二十面相が！」

「ウウン、兄貴は二十面相じゃないよ」

かぶりをふるミツルに、春江は今にも嚙みつきそうです。

「だったら二十面相はどこにいるの！」

「知らないよ、あたい」

相手が理事長だろうと四谷家のひとり娘だろうと、ひるむ少女ではありません。すると今度は明智先生が、ゆっくり念を押すように問いかけました。

「きみたちは、銃声のあと階段を下りた人物を目撃したのかね……いや、失敬」

苦笑していい直しました。

「そのときは地階も停電していた。誰の姿も見ることができなかった——？」

「はい、廊下は真っ暗でした。でもサージェントが扉を開けていたので、隣の明かりがあったんです」

警部はちょっと驚いたみたいです。

「隣って……そっちは停電しなかったのか」

「試作した兵器の格納庫ですかな」

弓削が確かめるようにいいました。

「戦時中に四谷が建設した、新兵器の研究所と試作工場だ。むろんあなたはご存知だった。

違いますか、四谷春江さん」

「……」

女史は答えを渋りましたが、明智がうなずきます。

「それなら電気系統が違っていてふしぎはない……で？　光があるなら、階段を下りてきた者を目撃できたはずだね」

「いたんだな？　いや、いたに決まってる。さもなければ、撃った人間が消えたことになる！」

中村さんが気負いました。一階には階段の下り口がありません。その空白が研究所とすれば、隣接する吹き抜けの巨大空間が試作工場の駐機場となって、筋が通ります。理事長室から下りた怪しい人影は、間違いなく小林くんとミツルに目撃されるはずでした。ところが、小林くんは歯切れの悪い反応です。

「それが、よくわかりませんでした」

「あたいたち、銃声の後すぐ階段を上りかけたんだよ」

「でも、下りてきた奴に突き飛ばされました」

「それなら顔は見たんだろう」

「無理だよ、中村さん。階段まで明かりは届かないもの、真っ暗だった」

「ふたりして階段から落ちたんだ。脛を打って声も出なかったぜ」

「それで、どうした」

かぶせるように警部が問いかけます。

私の脛はどうでもいいのかとふくれっ面で、ミツルは持った矢を抱え直しました。

「ヘンなの、そいつ。隣へまっすぐ駆け込んだ。黒くて長いコートを羽織ってた。河合の兄貴も追っかけたけど、軍曹が扉を閉めてしまった。押しても引いてももう扉は開かないんだ」

「それでぼくたち、また階段を上ったんです。二階でなにが起きたか心配でしたから」

「ふむ……」

中村警部は割り切れない顔で黙りましたが、明智先生は、ねばり強く尋ねました。

「つまりきみたちは、そいつの顔は見られなかったんだね」

「はい……黒いコートだけです、すみません」

「謝ることはないさ、とっさのことだもの。だが扉を背にした軍曹には、走ってきた男の顔が見えたはずだね。なにかそのときいわなかったかい？」

そこまでヒントをもらって、ふたりは顔を見合わせました。

「ウィンが声をかけたよ、いいにくそうに『ゾ……マ』って」

「そうか、溝沼だったんだ!」

ようやく思い当たった小林くんは、いまいましげな口ぶりです。

「案内役だった奴なのに……ぼくの注意不足だ」

「それで?」ボソッとミツルがいいました。

「あいつが溝沼だったら、どうなるんだい?」

「……」

しばらくは明智先生はなにもいいませんでした。

肩を落とした春江女史が、人の注意をひくのを恐れるように音もなく移動して、もとの椅子へ体を沈めました。

それが合図だったように、明智先生がフッと小さく息を吐いたのです。

「そうか……そういうことだったんだな」

「明智さん」

警部が探偵の顔を覗き込んで、期待をこめた声をかけました。

「なにかわかったようですな?」

「……ああ、中村さん」

明智先生がかすかな笑みを浮かべているのに気づいて、小林くんはドキッとしました。

（こんな顔をする先生を、ぼくは何度か見たことがある……たった今事件の真相を見抜いたんだ！）

いったいなにが起きたのか

「わかったことがあれば、ご教示願いたいものだね、明智さん」

弓削総監はどっしりと自分の椅子につきましたが、中村警部にそんなゆとりはありません。両手をテーブルに突っ張らせたまま、憑《つ》かれたように口を切ります。

「なにもかも理解不能です！

……まず、明智さんと私は隣の部屋にいました。

するとだしぬけの停電です。

オヤと思う間もなく、理事長室で銃声が起きた！

つづいて重いものが落ちて、なにかが倒れて……。

悲鳴がふたつあがりました。

ひとつは四谷春江理事長で、もうひとつは会長の剛太郎氏と、今ではわかっていますが、そのときのわれわれは夢中で飛び込みました。

光源は明智さんの懐中電灯です。

正面、階段へ通じる扉が閉じられた気配がありました。

私は発砲した犯人が逃げたと直感して追おうとしたのですが、残念ながら間に合わなかった。

床で倒れていた理事長につまずき、転げた私をクッションが受け止めてくれました。そのときでしょうか、私がコルトを蹴飛ばしたのは！」

ここまで警部は一気にまくしたてました。ゆっくりしゃべったのでは隙間から記憶がポロポロ零《こぼ》れ落ちる。そんな錯覚にでも襲われたみたいです。

警部にひと休みさせるつもりか、弓削が言葉を挟みました。

「なるほど、その順序だろうね。私の足元に拳銃が滑ってきたのは」

黙したままの明智探偵に目を配ってから、中村さんはふたたび口を開きます。

「私が安全器を探している間に、総監は行動を開始されていた。……悲鳴のひとつが四谷氏ではなかったか。そうお考えになったのですな？」

「その通りだが、私に近づいてきた明智さんの懐中電灯の光で、車椅子に座った四谷さんの姿がないと気づいたせいもある」

「そこで閣下は、車椅子の足元で四谷剛太郎氏の遺体を発見された」

ぐすっと洟《はな》をすすったのは、春江女史と思われます。

「明智さんにいわれて、私は階段室のとっつきにある安全器を探り当てました」

「そしてこの部屋が光を取り戻したわけだ」

中村さんにつづいて弓削総監が、重々しく一連の話をしめくくりました。

「……そこには即死した四谷氏の遺体と、失神した春江さん。それに明智さんと中村警部、私がのこされていた」

階段室の扉の前で、小林くんはゴクリと唾を呑み込みました。

一連の会話のおかげで、後から理事長室にはいった小林くんたちも、状況をすべて理解できたのです……イエ、読者のみなさん、どうぞ誤解しないでください。

ヘンテコな言い回しになりますが、状況がわかればわかるほど、いっそうわからなくなる〝不可解な状況〟——ということがわかったのですよ。

そのヘンテコな気分を、弓削総監が一言に纏めてくれました。

「つまり四谷氏を撃ったのは何者かね？」

小林くんは、懸命に総監の言葉を咀嚼《そしやく》します。

闇に包まれた現場……凶器は床に落ちていた……銃声の後で階段を下りた何者か……。

少年の思考を断ち切ったのは、春江理事長のヒステリックな叫び声です。

自分の怒声が響いたとみえ、頭のてっぺんを押さえています。床に落ちた燭台と見比べて、小林くんは女史が倒れていた原因を知りました。飾り棚が揺れて落下した燭台に頭を打たれたのでしょう。

「決まってますわ！」

顔をしかめながら、なおも彼女は言い張りました。

「階段室の扉の蔭から、二十面相が撃ったのよ！」

「私もそうではないかと思ったのですがね……」

警部の声は理事長とは逆に、床を這いずるように低く聞こえます。

「しかしその階段の下り口には、小林くんがいたのですよ」

椅子のひとつに腰を据えた明智先生が、尋ねました。

「地階の廊下には、ミツルくん……といったかね、きみもいたんだろう」

「ハイ、いました」

少女の返答は明快です。

「芳雄とあたい……ごめんなさい、私と河合の兄貴の三人が、進駐軍のデカブツ……ごめん、ウィン軍曹と睨みあっていたの。そこへ停電で、つづけて銃声で、二階へ上がろうとした私たちを……」

「突き飛ばしたのが、溝沼さん……理事長の秘書でした」

小林くんは断言しました。

「二十面相ではありません」

「違います。ウィン軍曹は、彼を溝沼として迎え入れました」

少年は落ち着いた口調でしたが、春江はいきりたつばかりです。

「二十面相よ！　あいつが秘書に化けたんだわ！」

それでも小林くんはあわてません。

「あれが偽者なら、では本物の溝沼秘書はどこにいるんでしょう」

女史はグッと詰まりました。

「知りませんよ、私は」

「おかしいな。二十面相参上の約束の時間がきていたのに、おばさんは秘書がどこにいるのか知らなかったの？」

「……」

とうとうおばさん呼ばわりされた理事長は、真っ赤になって少年を睨みつけました。

「そんなことより、あんたたちの仲間がまだいたんでしょう。その男はどうしたの！」

「おお、それだ」

ふたりの後ろに誰もいないのを見て、中村さんがいいました。

「そもそも仲間というのは、いったいどこから現れたんだね」

「中村さんといっしょにきたんです」

小林くんの言葉に警部は目を大きく見張りました。

「総監閣下の運転手として」

「な、なに」

まだ呑み込めない中村さんをよそに、当の弓削さんが哄笑《こうしょう》しています。

「あの警官だったのか……これはやられたな」

「河合の兄貴は、運転が得意なんだよ」

自分のことみたいに自慢するミツルに、また春江女史が嚙みつきます。

「二十面相の部下だったのね。じゃあそいつはどこへ行ったのよ」

「一階を調べるといって。エレベーターから駐車場周りを」

「なぜその男は顔を出さないの。あんたたちが逃がしたのね！」

わめく女史を、明智はなだめるようにいいました。

「それは無理というものです。二十面相本人ならともかく、配下がこの現場までノコノコ顔を見せるはずはない。ここには弓削総監も中村警部もいる。それにぼく、明智小五郎もいたのだから」

気負うでもなくサラリといってのけた探偵は、全員の顔を等分に見ながら、念を押したのです。

「階段を下りた男が溝沼秘書なら、彼に剛太郎氏を殺害する理由はない。……なぜこの部屋を窺っていたか、なぜ黒いコートを羽織っていたか。それについては別に考える必要がありますが、とにかくこれで、犯人の逃走経路はすべて抹消されました」

そして名探偵は、ゆっくりと一座を見回しました。

「にも拘《かか》わらずこの部屋で、四谷剛太郎氏が射殺されたのは厳然たる事実です。殺人犯はいったいどこへ消え失せたというのでしょうね」

答える者は誰もいませんでした。

中村警部の推理と決断

小林くんは一心に考えています。

停電。銃声。悲鳴。

現場には二カ所の出入口があります。ひとつは応接室を通り、もうひとつは階段を使って地階の廊下へ。

応接室からは、明智先生と中村さんが躍り込んでいます。

階段からは、小林くんたちが上がってきました。わずかな時間差があり、その間隙を縫うように溝沼が下りていきましたが、彼に動機なぞありませんでした。

剛太郎を射殺した凶器は残っているのに、犯人が存在しないなんて。

(いいや、いるんだ!)

小林くんは確信していました。

人間が煙になって蒸発しない限り、紛れもなく犯人はこの中にいるのです。

「……ひとつ問題があるね」

弓削さんが悠揚迫らぬ口振りで指摘しました。

「銃声は停電している間に起こった。暗闇の中で、犯人はどうやって剛太郎氏に狙いを定めることができたのか」

あ……虚を衝《つ》かれた思いでしたが、当の総監はその答えを用意していたようです。

「いずれ鑑識の出番を待たねばならんが、遺体を検めたとき気がついた。四谷さんのネクタイピンだ。夜光塗料が塗ってあった」

「犯人はそれを目印に、撃ったんですね！」

相手が総監閣下でも、おじけづく小林くんではありません。むろん弓削さんも器の大きなところを見せて、丁寧な答えを返してくれます。

「そうだろうね。停電したとたん、四谷さんも動転したに相違ない。車椅子を操って左右に向きを変えておられた。そのとき胸元でなにかが……たしか青い色が光って見えた。それがネクタイピンだったのだろう」

さて、というように総監は明智先生に相対しました。

「材料は出揃ったみたいだが、明智くんの考えはどうかね。話したいことが纏まったのではないかな」

「恐縮です」

明智先生は優雅に会釈してみせました。

なんだか探偵と総監のふたりだけ、舞台で演技しているように見え、小林くんは目をパチパチさせました。

そんな空気がまったく伝わらなかった人がいます。中村さんです。

「失礼ながら、総監閣下……私の発言を許していただけないでしょうか」

飄逸《ひょういつ》な明智先生に比べると、外見も性格も〝お巡りさん〟を絵に描いたような、生真面目な中村さんでした。

そんな警部がひときわ硬直した態度で、いいだしたのです。

明智探偵にも負けない飄々とした総監ですが、思い余ったような警部の申し出に、面食らった気配でした。

「もちろんかまわないよ。まあ、そのあたりの椅子にかけなさい」

「いえ、このままで失礼します」

小林くんの目には、警部の制服の背中が見えています。襟首のあたりに汗が噴き出していたからびっくりです。

(中村さん、なにをいいだすつもりだろう?)

「まことに残念ではありますが……小官は弓削総監閣下を、四谷剛太郎氏殺害の件で告発いたします!」

(え……え……なんのこと?)

棒で脳天をブッ叩かれたような小林くんでした。

仰天したのはむろん少年だけではありません。あの明智先生も、春江理事長も、当人の弓削さんさえ茫然としています。鳩が豆鉄砲を食ったようとは、こんなときの表情をいうのでしょう。

ミツルが小林くんにすり寄ってきました。

「ねえ、どういうことなのさ」

その声が耳にはいったのか、中村さんがふり返りました。

「さんざん考えた結果なんだ……聞いてくれ」

「はい」

中村警部の性格を百も承知している小林くんです。決して無責任な思いつきを口にする人ではありません。小林くんに横顔を見せている明智先生も厳しい表情です。

弓削総監本人も、さすがに笑みを消していました。

「なぜ私が四谷氏を殺したか。きみの推理を聞かせたまえ」

「はい。……閣下は先ほどコルトを床から拾い上げられました。手のハンカチでくるむようにして。あの動きによって、銃身にのこった指紋は拭き消されました。……もちろん、床を滑ってきたと仰ったのは嘘です。閣下は最初からコルトを所持しておいでだった。退役ながら陸軍中将である閣下は、銃器の扱いに慣れていらっしゃる。たとえ暗闇の中でも、手をのばせば届く距離の標的を、撃ち損ねるとは思えません。そして剛太郎氏の胸元には、夜光塗料が光っていた」

弓削さんは黙然として、警部の告発に耳を傾けています。

「残念ながら明智さんも私も、被害者が隣の小部屋からその位置までおいでになるのを目撃しておりません。が、なにしろ車椅子のご病体がお隣の席につかれたのだ。閣下のご気性としてなにくれとなく世話を焼かれたことは、想像に難くありません。ネクタイピンに夜光塗料を塗ることも不可能ではなかったと、愚考いたします」

「するときみは、秘書の溝沼が安全器の蓋を開ける——この部屋を暗黒にすると、あらかじめ私が察していたというのかね？」

総監が首を傾げると、これも想定内の質問だったのでしょう、中村さんは躊躇うことなくいいました。

「それは偶然の一致です。総監閣下の背後の壁に、理事長室のスイッチがございます。それを切れば二階の照明は消える……ただし閣下がそのスイッチに触れるより早く、溝沼が安全器を操作したと思われます。単に自分の逃亡をカバーするために。まさかその時間帯、地階に小林くんたちがいたとは知らず」

「なるほど。いかにも私は殺人可能だったわけだ。……で、肝心の動機はなんだね」

「はい。かねがね仰っておられましたね。在任中に日本に巣くっている過去の亡霊を抹殺したい。その決意が動機であったと考えます」

「ほう！」

弓削さんは口をすぼめました。しばらくは無言でしたが、やがてゆっくりと口を開きました。

「いかにもそれは私の真意だよ。娘さんを前にしていいたくないが、四谷氏はまさに日本の過去の亡霊であった。だが、だからといって、短兵急《たんぺいきゅう》に今この時点でやらねばならんことではないだろう」

「いえ。ご承知のように進駐軍は、つぎつぎと日本の中枢部にメスをいれています。明日にも、あなたは警視総監の職務を剥奪されるでしょう。そうなってからでは遅いのです。それに」

「それに？」

「今日ここで起きた事件なら、犯行を二十面相の仕業として処理できますから」

「おいおい、中村くん。それじゃあ二十面相を冤罪《えんざい》に落とすことになるじゃないか？」

「仰る通りです。それとも閣下は彼を無実の罪に落とすまいとして、殺人の罪を自白なさいますか」

「乱暴な質問だね……私は断じて殺人を犯しておらんが、仮にそうだったとしよう……その場合、捜査が二十面相に向かうなら、私はこれ幸いと口を拭って知らん顔するだろうね。なぜなら」

弓削さんは、ちょっと意地悪な表情をつくりました。

「二十面相は決して捕まらない。したがって冤罪になることもない。私は安心して彼に罪をなすりつけるだろうよ。……ははあ、だから中村くんはやはり私が四谷氏を射殺したというのかい」

「遺憾ながら仰る通りです。まことに申し訳ございません！」

中村警部ときたら大真面目に答えて、総監にサッと敬礼しました。警部が総監を犯人と推理したのも、彼の大真面目さが導いた結論だったのです。

——そんなバカな！

反論しようとして、小林くんは思い出しました。

いつか明智先生が話したことがあります。あの名高いシャーロック・ホームズの言葉だそうです。

『推理した結果がどれほど異様であっても、それ以外に解決の方法がなかったとすれば、それは真実なのだ』

うろ覚えですから言い回しは違っても、内容はおなじはずです。

確かにそうだと、考えました。

犯行が可能だったのは、春江女史と弓削総監のふたりだけです。女史にとって四谷剛太郎氏は実の父親でした。むろん肉親であっても、性格や環境の相違で対立して、憎悪の対象となる場合はあるでしょう。だが小林くんは聞いています。女史が父親を偉大な財閥の総帥として、心から尊崇しているということを。

ですが警視総監としての弓削さんは、考えが違っていたようです。

戦前の日本を支えたのは、四谷をはじめとする富裕階級、一握りの高等教育をうけた官僚、欧米に負けじと帝国主義を推進した軍部だったと、弓削さんが総合誌の正月号に寄せた論文を読みました。

むつかしい言葉がまじってわかりにくい箇所もありますが、国家を破滅に追い込んだ古い日本の亡霊と絶縁しなくては、国民はいつかまた泥沼にひきずりこまれるという、総監の論旨だけは鮮明でした。

弓削さんのそれが本心なら、鉄面皮《てつめんぴ》にも再び戦後を泳ぎはじめた四谷剛太郎を、快く思うはずはないでしょう。

……だからといって警視庁のトップに立つこの人が、四谷氏を殺そうとまで思い詰めていたなんて、飛躍が過ぎる気がします。

(でも弓削さんでなかったら、誰が撃ったというんだ?)

ウーン。小林くんは、推理の袋小路で立ち往生してしまいました。

明智探偵の推理と推測

こんな状況にありながら、総監はまだ余裕を保っているように見えました。

ゆっくりと視線を巡らせて明智先生に問いかけます。

「どうかね、明智さん。あなたの考えも中村くんとおなじかね？」

「私の推理を申し上げる前に……」

負けず劣らず先生も落ち着いたものです。

「ずっと不審に思っていることがあります」

「ほう……それは？」

「二十面相ですよ。彼の行動としてはまことにふしぎです」

「ふしぎ？」

弓削総監は面食らっていました。

「行動というが、二十面相はなにもしておらんでしょうが」

「まさにそれです。なにもしていないことこそふしぎなのです。……ミツルくん」

突然先生がこちらを振り向いたので、名指しされたミツルも、隣に立っていた小林くんもビックリしました。

「ハイ?」

「きみの知っている二十面相は、約束を守る男だったかね」

「決まってるじゃないか」

悪口をいわれたと思ったか、少女はぞんざいな口調でした。

「七時に行くといったら、その時間ぴたりに行くよ。神経質すぎて可笑しくなっちゃうくらいだよ」

「では今日、未明の四時半に訪問する約束は、どうなったのかな」

ミツルは「アレ」というように、口をすぼめました。

「そうだね、なぜだろう。……えっと、二十面相から予告状をもらったというのは、おばさんだよね?」

ミツルにまでおばさん呼ばわりされても、女史はもう怒る元気がなさそうです。諦めたというか、脱力しきった口調で返しました。

「それがどうしたの」

「手紙持ってる? だったら見せて。偽の手紙ってこともあるもん。あたいならおじさんの筆跡、すぐわかるから」

「そんなもの、焼き捨てたわ！」

明智が口を挟みました。

「二十面相から手紙が届いていたのですね」

「そうですよ。四角い封書に便箋一枚きりで、物差しをあてて書いたような角張った文字でしたよ。筆跡を隠すつもりだったんだわ」

「嘘、ですね」

あっさりと明智先生はいいました。

「なんですって」

「二十面相直筆の予告、あるいは挑戦状のたぐいなら、ぼくも一度ならず読んでいます。あいつときたら筆跡を気にするどころか、長年の友達に便りを出すような調子でスラスラ書くのですよ。ところが中村くんも承知しているように、筆跡の鑑定家に見せるとその度に筆遣いが違っている。つまりあいつは顔形ばかりか、筆跡まで次から次へと変化させる。……われわれが相手にしているのは、そんな怪物なのですよ。物差しをあてて書くといえば、いかにもそれっぽく聞こえますが、あなたのお考えになるような底の浅い悪党ではない……つまり二十面相が今日の未明に現れるというのは、あなたの嘘だったのですね」

反論したくともなにもいえない女史を認めて、警部は驚きました。

「嘘ですって！　では総監も警官隊も四谷家に騙されて、ここへきたというんですか。そんなバカげた……どういう理由で呼んだというのですか！」

「そうなんだ、中村さん。私もさっきからその理由について考えつづけていた……やっとわかったので、こうして理事長に面と向かってお話ししているんだよ」

「で、その理由というのは」

「四谷剛太郎を撃ったのは、怪人二十面相である。――そのお墨付きを警察から頂戴したかったから。そういうことです」

「……し、しかし」

いったん絶句した中村さんは、かぶりをふって問いかけます。

「やっとわかったと仰ると」

「小林くんたちの証言のおかげだよ。黒い長いコートを羽織っていたが、正体は理事長さんの秘書、溝沼氏だったという……では彼がなぜそんな恰好をしていたか。変装というほどのものではないが、この部屋を窺っている最中に、万一姿を見られたときの用心だったのでしょうね」

明智先生は、微笑して中村さんに反問しました。

「黒い長いコートから、警部はなにを連想するかな？」

「……そうか」

どうやら警部も、探偵のいいたいことを理解したようです。

「まさに怪人のイメージですな。それにシルクハットでもかぶっていたら、なおぴったりだ。少々安っぽくはあるが、その恰好なら二十面相と誤解されても、溝沼秘書と気づかれることはない」

「その通り。本物の二十面相が聞いたら苦笑いするでしょうが、一般的なイメージの怪人としてはぴったりです。溝沼秘書の扮装の理由は、もし第三者に目撃されても二十面相だと錯覚させたかったからです」

「ということは彼も、二十面相来訪を嘘と知っていたわけですな。四谷家がみんなで警察をこの時間に誘い込んだ……」

「そう、証人になってもらうつもりでね」

「証人、つまり四谷剛太郎氏殺害事件の！」

「それ以外に考えられるかい？」

「そ、それにしても……」

舌をもつれさせた警部をいなして、明智先生はいいました。

「四谷氏を撃ったのが二十面相だと、弓削さんや中村さんに証言してもらうために。……

ねえ、証人として最高の人選じゃないか」

聞いている小林くんも、呆気にとられるばかりです。

「弓削さんや肉親の春江女史が、四谷氏を撃つはずがないというのが常識だ。ならば犯人はその時刻に来たはずの二十面相だ。そういう結論が出るに決まっている。階段室の扉の蔭に怪しい人影があった。となれば銃声の主はそいつだ、二十面相だ！　理事長が先取りしていったでしょう。『階段室の扉の蔭から、二十面相が撃ったのよ』とね」

探偵はジロリと女史を見つめました。

「すべてはそれをいいいたいいいいいいためのお膳立てだった。……だが小林くんたち伏兵が現れて目《もく》論見《ろみ》は粉砕された。残念でしたな、四谷春江さん」

「なにをいってるんですか！」

理事長先生は、顔を真っ赤にしています。

「私が大切な父親を撃つわけがないわ！」

小林くんの嫌いなタイプの女史ですが、それは確かにまっとうな主張でした。

(先生、どう反論するの？)

明智探偵は、ビクともしませんでした。

「それでもあなたは撃ったのですよ……四谷剛太郎氏を」

名探偵が暴露する

弓削総監はやりとりを黙々と見守っていましたが、中村警部は正直なところ理解不能だったようです。

「わからん……なぜだい、明智さん。どんな動機があって、彼女が四谷氏を射殺したというんだね！」

総監や女史を前にして、控えめな言葉遣いで探偵に接していた中村さんですが、もはや遠慮はしていられないとばかりに、唾を飛ばして食ってかかりました。

けれど明智先生は冷静そのものです。

「ひとつ訂正しておこう。四谷氏が射殺されたのは結果であって、彼女は単に拳銃の引き金を引いたに過ぎないのさ」

「おなじことだろう、明智さん！」

「いいや、大きな違いがある。その事実にもっとも驚愕したのは、当の四谷春江女史のはずなんだが」

「？」

疑問符だらけの中村さんをさとすように、先生がゆっくり話しはじめました。

「まず状況を確認しよう。……この部屋の明かりが消えた。銃声が起きた。なにかが落ちる大きな音がした。そこへ中村警部とぼくが躍り込み、警部は椅子から滑り落ちていた春江女史につまずいた……ここまではいいね」

警部は黙ってうなずいています。

「その直後、あなたは床に転がっていた燭台に触れた。右手の壁に寄せてあった飾り棚から落ちたと思われる。……なぜそんなものが落ちていたと思うね」

質問の矢を向けられて、中村さんはまごつきました。

「それはたぶん、理事長の体が棚にぶつかったからでしょう」

「どうしてぶつかったんだい」

「銃声に驚いて立ち上がった……」

「立っただけでは、後ろにある棚にぶつかるはずがないぜ」

「……」

「理事長、そのときの状況をご説明願えますか？」

探偵の鉾先《ほこさき》が、今度は女史にむかいました。

「ええと……なにしろ真っ暗だったから」

「暗かったから、あなたご自身にしかわからない。それでお尋ねしているのですよ」

明智先生は質問の勢いをゆるめません。

「それは……だから……椅子に腰掛けたまま後ずさりしたのよ。そうだわ、椅子の背凭れが棚にぶつかって、はずみで載っていた燭台が、私の頭に落ちたんだわ」

「なるほど。だがご存知の通り重量のある椅子です。座ったまま後退するには、かなりの勢いが必要でしょうね」

ひと息ついてから、先生は淡々として次の言葉を口にしました。

「たとえば拳銃を撃った反動とか」

「明智さん！」

女史が目を怒《いか》らせました。

「どうしても私に、父親を射殺させたいの！」

「射殺とはいっていない。撃ったとのみ申している」

「でも現に、父は射殺されたのよ！」

「それを正しくいうなら、誤射されたのでしょうね」

「ゴ……？」

「あなたには剛太郎氏を殺す意思など、まったくなかったからです。どこかに当たればよかった、イヤ命中しなくてもよかった。剛太郎氏を気絶させれば用は足りた。あるいは気絶しなくても彼を——四谷コンツェルンの総帥を、病院に隔離する理由ができればそれでよかった。……そのためにあなたは、剛太郎氏のネクタイピンに夜光塗料を塗った。そんなことができたのは、仮眠していた彼を起こした娘のあなただけだ……お気の毒だが剛太郎氏は発作の予後が悪かった。老化に拍車がかかって娘の忠告さえ受け付けず、ボケの症状が急速に深まっていた……」

それならすでに仕入れていた知識に合う事実です。ハッとした中村さんをよそに、明智先生は淡々とした口調で告げました——。

「もはや剛太郎氏に、四谷コンツェルンの司令塔の役を演ずることはできない。現状が表沙汰になれば四谷は瓦解《がかい》する。それを防ぐにはご老体を周囲から隔離、老耄《ろうもう》ぶりを隠した上で、あなたが父親の意思を代弁してみせればよかった……違いますか」

面とむかって言葉で刺された女史だけではありません。全員が息を吞んで、探偵の宣告を聞いていました。

「四谷コンツェルンは巨大な企業集団です。虎視《こし》眈々《たんたん》のハイエナたちがリーダーの座を奪おうと狙っている。だが剛太郎氏本人は自分の老化を頑として認めない。窮余の一策として二十面相をダシにして、窮状を打開しようとした。……これがぼくの無礼千万な、だが事実に近いであろう推測なのですよ」

論告は終わりました。

小林くんの腕をとったミツルが、半ば酔ったように囁きます。

「すげえな、探偵。おじさんが相手にとって不足はないと、繰り返していたはずだよ」

敵のはずの少女に褒められて、くすぐったくなった小林くんは、ただコクンとうなずくばかりです。

辛《かろ》うじて中村さんは、異議を申したてました。

「……だが明智さん、現実に四谷さんは胸部を撃ち抜かれて即死された。軍人だった弓削総監と違い、春江理事長は銃器の扱いなどまったくの素人でしょう。それなのにみごと命中させたというのは……」

「もちろん、彼女は銃の素人です。発砲の際の反動もすべて初体験だった。だから無防備に射撃して、その反動で燭台を落下させる結果になった。

床にはクッションも落ちていました。推察ですが、女史に拳銃を教えたのはサージェントでしょう。硝煙反応を避けるためクッションを抱えて、その蔭から引き金を引くよう忠告したのかも知れない。しかし警官ならば誰もが知るように、十メートル離れれば拳銃の命中率は著しく低下する……そんな状況下で素人が発砲したのです」

憤然として警部は抗弁します。

「狙い通り当たるはずがない」

「そう、殺す意図がまったくなかった春江さんの狙いは、剛太郎氏の急所以外ならどこでもよかった。そして警部の指摘通り、完全に狙いは外れた……すなわち弾丸は剛太郎氏の急所に命中した。まことに皮肉な論理の帰結というべきでしょう」

四谷剛太郎の死は、稀《まれ》だが決してゼロではない確率の仕業であったと断言したのです。

小林くんは、はじめて自転車に乗ったときのことを思い出しました。危なっかしいハンドルさばきで前進する先に、大きな石が転がっています。わっ、危ない、あの石に乗り上げたらひっくり返ってしまうぞ。そう思って避《よ》けよう避けようとしたのに、なぜか前輪が意地悪く乗り上げて転倒してしまったあの記憶。

「ひとつお聞きしていいかな、明智さん」

音もなく立って、弓削さんが口を開きました。

「どうぞ」

「あなたの推論は明快だが、だからといって中村くんの推理を、百パーセント否定することはできないと思うのだが」

明智先生が首を傾げました。

「そうでしょうか」

「そうだよ、明智さん。確かに春江理事長には発砲する理由も機会もあった。だがそれをいうなら、依然として私にも動機と機会があったのだ。それとも明智さんの論法によって、私に関する疑惑を完全に否定することができますかな」

聞いた小林くんは、少々呆れ顔です。

総監ときたら、自分にも殺害のチャンスはあった、その可能性をキッチリ否定できるのかと、奇妙な因縁をつけたのですから。

そんな意地悪な質問を出されても、明智先生は平気でした。

「むろんできますとも」

ゆっくり立ち上がった探偵は、テーブルを挟んで弓削さんと向かい合いました。

「……あなたは銃の名手のはずだ。暗闇とはいえネクタイピンの目印がある。この近距離で標的を撃ち損ねるはずがない。故にあなたは、殺人犯ではあり得ません」

小林くんは自分の耳がどうかしたのかと思いました。なぜって先生の言葉は、どう考えてもヘンテコだったからです。

拳銃の名手だから、殺していない？　そんなの全然理屈に合わないでしょう？

たまりかねたように、中村警部がいいました。

「意味が通らないぞ、明智さん！」

「そうかな」

明智先生の声は爽やかなものです。

「ご本人には、ちゃんとわかっているようだよ。……ねえ、二十面相くん」

巨人対怪人の構図

しばらくの間、部屋の空気は凍りついていました。

中村警部も春江女史も、呼吸することさえ忘れているようです。

小林くんの腕を摑んだミツルも動きません。やがて手の力を少しずつゆるめ、肺に溜まっていた空気を吐きだしました。

「……ホントだ。おじさんだ」

やっと納得した様子です。このときにはもう小林くんの目にも、弓削警視総監の変貌が見てとれるようになっています。

「フフフ」

弓削総監——イヤ二十面相は含み笑いをしていました。

「さすがだね、明智くん」

声まで総監のときから微妙に変化したではありませんか。鷹揚《おうよう》で低く聞こえた弓削さんの声が、心持ち高く張りのある声音に切り替わって、口調もずっと砕けた言い回しになっていたのです。

「……それでどうなんだ。俺が二十面相なら撃っていないと、証明できるのかい」

おなじペースでそれまでの会話をつづけます。もちろん明智探偵もどうようでした。

「できるとも。きみは悪党だがルールを守る男だ。人を殺さないと自分で自分に枷《かせ》を嵌めている。そうだったね」

「その通り。俺は血を見るのが嫌いでね。むろん二十面相は悪党にしんにゅうを掛けた大悪党だから……」

堂々と悪党を自称しています。

「いざとなれば相手を傷つけてでも逃げる。ただし致命傷を与えることはない。プライドにかけて、俺はそのルールを守っているよ。それがどうした」

「だからきみは、今回の事件の犯人ではあり得ないのさ」

明智探偵は微笑を絶やしません。

「殺人を禁忌として自分に課している。しかもきみは拳銃の名手でもある。……この二項から導き出される結論は、きみが四谷剛太郎氏の心臓を撃ち抜くことはあり得ない。……以上で証明は必要にして十分だろう」

「ワハハハ！」

二十面相の哄笑は実に愉快そうでした。

「それが明智探偵のロジックか！　大いにけっこう、俺も賛同するよ。……まあ、座りたまえ」

正体を暴露されても図々しい怪盗は、まるでこの邸の主人のように明智先生に椅子をすすめ、自分ももとの席にどっかと納まりました。

「それで？　明智くんにカンづかれたというのは、俺の言行になんらかの不備があったのかい。後学のために聞かせてほしいのだが」

このころになって、ようやく小林くんはふだんの彼にかえっています。大きく息を吐いたのを聞きつけて、明智先生が振り向きました。

「どうだね、小林くん。ぼくに代わって彼に説明できるかな」

「あ……ハイ、できそうです。ええと」

ミツルに囁かれました。

「芳雄ガンバレ」

少女をひと睨みしてから、小林くんはいいました。

「ミスったのは、二十面相じゃありません。子分の河合です」

「ほほう」

二十面相は面白そうです。

「あの男がどんなヘマをやったというんだ」

「先生からのまた聞きだけど、それに気がついたのは中村さんでした」

警部としては、それまで蚊帳《かや》の外に放り出された気分だったでしょう。仮面の落ちた上司にどう接すればいいか途方に暮れている最中に、自分の名を出されていっそううろたえました。

「私が、なんだって」

「銀座の事件です。明智先生がこないと聞いた太田垣社長の反応が、中村さんには意外だった……なぜだかホッとして見えた。そうでしたね」

「うむ、そうだったかもしれないが、それがなにか」

警部としては、もうそんな反応は忘れていたようです。

「太田垣社長は二十面相の変装した姿だった。中村さんはそう思ったし、明智先生もそのときはおなじ考えでした。でもそれはおかしい。名古屋へ行く途中でなんども繰り返しておいででした。……太田垣が二十面相なら、私と対決できるのを楽しみにしていたはずだ。なのに失望したということは――」

「なるほど」

二十面相はうなずきました。

「河合によくいっておこう。そんな小さな綻びでも真相を見抜かれる手がかりになる、とね」

「だから太田垣社長に変装したのは、二十面相とは別人ではないか。先生はそう結論を出したのだと思います。ですが、それも妙です。魔道書を奪う大事な場面だもの、きっと二十面相は立ち会おうとしたはずだ。……しかし現場にいたのは、厳重な身元確認ずみの記者さんたちです。進駐軍の少将も本物でした。事件の後も現場に残ってカンカンでしたから。そうなると、あとは弓削警視総監だけじゃありませんか？」

いいきった小林少年の言葉を、明智探偵が補足しました。

「そこでぼくは、警視総監が二十面相だったらという着想を得た。……覚えているよ、二十面相。進駐軍の横やりでぼくは太田垣美術店の事件にかかわれなかった。あのとき弓削総監はぼくと警部がいる部屋を訪ねて、世にも残念そうな顔で謝ったね。あれはまさにきみの本音だったんだ。その気持がヒシヒシと伝わったおかげで、ぼくはきれいに騙されてしまった」

苦笑いの中に口惜しさを滲《にじ》ませて、探偵はいったのです。

「ぼくともあろう者が、面と向かい合った二十面相の正体に気づけなかったとはね」

「これは愉快」

あべこべに二十面相は嬉しそうでした。

「そこまで悔しがってくれたなら、長年の間化けた甲斐《かい》があったというものだ。……俺だってけっこう苦心したんだぜ。空襲に遭った弓削総監が生死不明になった、その隙へ滑りこんだ。鍾乳洞の捕り物をやり過ごしてから俺なりに情報収集をつづけていた。その成果が実を結んだということだ。……どうだい、警部さん」

二十面相は無邪気な笑顔を、中村さんに向けました。煙《けむ》に巻かれた客の前で手品師が、優越感たっぷりにタネを明かすような顔つきです。

「戦中から戦後にかけて、俺はちょっとした名警視総監だったろう？　あんたたちを存分に働かせたつもりでいるんだがね」

聞かされた中村さんは真っ赤になったかと思うと、額に青筋をたてはじめました。気の毒だけど、でも可笑しくなった小林くんは、ズボンの上から自分の太ももをつねって我慢したほどです。

「さて、この場の収まりをどうつけるかな、中村くん」

二十面相はニヤニヤ笑っていました。

「俺は官名詐称と詐欺強盗の犯人だが、四谷春江女史は尊属殺人を犯しているんだぜ。罪の軽重を問題にするなら、俺をさしおいてまず彼女に手錠をかけたまえ。きみの職務遂行を邪魔しやしないから、どうぞ」

「ウーム」

唸った中村さんでしたが、やはり忠実なお巡りさんです。二十面相の言葉に一理あると思ったらしく、意を決した様子で春江女史に近づこうとしました。

すると反射的に椅子を蹴立てた彼女は、空気を切り裂くような絶叫を放ったのです。

「サージェント！　溝沼も聞いただろう、こいつらを始末して！　かまうもんか、殺しておしまい！」

それはもう学園理事長ではなく、追い詰められた中年女のヒステリーでした。剛太郎氏の器量には遠く及ばない娘だったのです。だが雇用主の一言は、大きくこの場の様相を転換させました。

ゴゴゴゴ……。

理事長室が揺れはじめました。

地震？　イイエ違います。足元の床をどよもす重低音。いったいなにがはじまったというのでしょうか。

一瞬のちにそこは戦場

明智探偵にも二十面相にも油断はなかったはずですが、面とむかって兵士と戦った小林くんに比べれば、いくらか気を抜いていたかも知れません。

床下で重いものが軋んでいる？

その正体に最初に思い当たったのは、小林くんでした。

「駐機場の扉が開くんだ！」

少年の声をかき消すような、強烈に空気を攪拌《かくはん》する音の渦。それは四本のブレードが高速回転する音だったのです。耳に栓をするように音源は一気に上昇、肉薄しました。

あっと思う間もありません。

開け放たれていた応接室との境の扉、その向こうはバルコニーにつながる掃きだし窓でしたが、嵌められていた大型のガラスが燦爛《さんらん》たる光を放って砕け散ったのです。同時に一同の耳を塞いでいた栓が消し飛びました。

今や部屋を貫くのは叩きつける機銃音と容赦のない破壊音！

ひと息遅れて絶対的な恐怖が小林くんの心臓を締めつけたとき、

「きゃあああっ」

悲鳴をあげたのは女史でした。

たった今、盗聴装置を介して傭兵と秘書に命令した癖に、標的よろしく棒立ちなんてバカか、おばさん！

さすがに明智探偵は機敏でした。

「スイッチ！」

「おうっ」

打てば響くような返答は、二十面相です。至近距離だったスイッチに飛びつく、電源を落とす、たちまち理事長室も応接室も暗黒にかえりました。

アア、そのおかげで全員が目撃できたのです。

バルコニーの向こう、墨汁のような空間に浮かんでいるヘリコプター。屋内の明かりは落ちても閃《ひらめ》く銃火がありありと、悪魔の姿を剝き出しにしていたのです。

（こいつがショウリュウ――『昇竜』だ！）

とっさに悟った小林くんは、ミツルの体を押し倒しました。

悲鳴をあげつづける春江女史は、中村さんがひきずり倒しています。

少年少女は大型テーブルの蔭に、警部は女史を抱えて飾り棚を盾に——。

明智探偵と二十面相は申し合わせたように、応接室との境の横開きの扉の左右、脇壁に身を隠していました。

「操縦しているのが軍曹だな」と明智。

「機銃は溝沼だ」と二十面相。

「あの場所でホバリングは難しいぞ……切り立った崖に挟まれて、どこまでもつか？」

「一度は空中に舞い上がる、反撃するならそこがチャンスだ！」

両開きの扉を挟んだ探偵と怪盗は、機銃の咆哮《ほうこう》に負けまいと怒鳴り合いました。

闇の帳《とばり》からなおも機銃の咆哮がつづきます。おそるおそる小林くんが大型テーブルから首をのばすと、閃く火線がバルコニー寄りの応接室を炙《あぶ》り出しました。

ボロ雑巾になった椅子、割れて横倒しとなったテーブル、壁にかかっていた絵は、とっくにズタズタです。

ピシッと音がして少年の頬を跳弾が掠《かす》めると、頬に熱した火箸をあてられたみたい。

あわてて首をひっこめて、ミツルに叱られました。

「血！」

薔薇色の袖でキュッと拭いてくれます。

幸い銃声はそこでいったん中断しました。バルコニーのすぐ先でホバリングしていた『昇竜』が、さらに上昇した様子です。

明智先生が指摘したように、狭隘《きょうあい》な谷間でいつまでもおなじ姿勢を保てるものではありません。空へ舞い上がって、体勢を整えようとしたのでしょう。

だからってこの隙を突いて、どう反撃するというんだ？

小林くんがそう考えたとき、高らかな警笛が闇を劈《つんざ》きました。間髪をいれず二十面相が応接室へ駆けだしてゆきます。それで小林くんは思い当たりました。

（クライスラーだ！）

一階にいた河合も盗聴装置を介して、狂ったような女史の指示と悲鳴を聞いたはずです。駐《と》めておいた警視庁の車を、いち早くバルコニーの下へ移動させたのでしょう。

「おじさん！」

腰を浮かせたミツルが叫びました。

その声が届いたか、ろくにガラスの残っていない窓から飛び出す僅かな時間に、二十面相は片手をヒョイとあげました。

確かに聞こえたよという合図であったのか。後で考えると、それは二十面相の別れの挨拶でもあったのです。

手すりを越えた彼の姿は、たちまち闇に溶けました。身軽な怪人のこと、迎えに出た河合の車に向かって跳躍したのでしょう。

行動力では明智探偵も負けていません。身を翻した先生は真一文字に理事長室を駆け抜けて、その間にちゃんと指示してゆきました。

「警部！　女史とミツルくんの確保を！」

「了解！」

中村さんの答えを背中で聞きながら、階段室に走ります。

頭の回転の速さでは小林くんだって負けません。

先生は陸王号に乗るつもりだ——廊下を辿ってエレベーターに乗ればいい——だめだ時間がかかりすぎる——階段で地階から駐車場に出る方が早い！

明智探偵が部屋を縦断する、僅かそれだけの間で考えたのは大したものです。

「芳雄！」

ミツルの声に振り向くと、少女は摑んでいた矢を渡してくれました。もちろん少年も唯一の武器の洋弓銃を抱えています。

「ありがとう！」

叫んですぐ、先生の後を追いました。二段ずつ飛ばして一気に地階へ、廊下のカーブを曲がると駐車場への上り階段、ひと思いに駆け上がれば駐車場のはずでした。明かりは消えていますが扉は開け放たれ、ブルンブルンとエンジンの唸り声が聞こえます。

「先生！」

扉から出た少年の前に、ぬっと横づけされたのは陸王号です。熱風が小林くんの顔に吹きつけました。飛行帽の先生が顔を綻ばせています。声をかけなくても追ってくると思ったよ。そういいたかったのでしょう。

少年が飛び乗ると同時にオートバイはスタートしました。目覚ましい加速ぶりですが運転に危なげはありません。水音の荒い渓流を正面に見て、大きく左へカーブを切ったとき、頭上からまがまがしいローター音が舞い降りてきました。

明智探偵はこう戦う

暗い空でも暗黒といいきれないのは、そろそろ夜明けが近いからでしょう。墨色の空にいっそう濃い絵の具を落としたような『昇竜』の姿が、グイグイ大きくなってきます。崖沿いに疾駆しながらも、ミラーに機影をとらえた明智先生が呟きました。

「ターボシャフト・エンジンだ……実用化されていたのか！」

小林くんには初耳でも、先生が感心するほどですから、よほどの先進技術に違いありません。狭い谷間を避け中空で待ち構えていたそいつは、陸王号の鼻先を押さえるように滑り降りてきました。

「しっかりつかまれ！」

いわれずとも疾駆の慣性とカーブを曲がる遠心力で、全身が投げ出されそうな勢いです。つかまるのに邪魔っけで、クロスボウを斜めに持ち上げた小林くんに、先生が尋ねました。

「矢はあるのかい」

「一本だけあります！」

「……機会は一度きりだな」

呟いた先生は陸王号のアクセルをふかしました。

（一度きりって……どうするんですか？）

尋ねる余裕もありません。

『昇竜』は猛威をふるったマシンガンを搭載しています。ブローニングの50口径でしょう。戦前すでに開発されていた武器ですから、小林くんも知っていました。

（毎分五百発を撃ちだす機関銃だ……そしてこちらは矢が一本きり）

その少年の不安を読んだように、『昇竜』の発する機銃音が、陸王号の頭上を切り裂きはじめました。

(うわあっ……)

思わず首を縮めたのは無理もないことです。なにしろリヤシートについた小林くんの背中はガラ空きでしたから。

でも幸い、分速五百発はすべて無駄弾に終わりました。

カンカンカンカンカンカン!

弾丸はことごとく弾き返されています。ぎりぎりのところで陸王号は、覆道へ駆け込むことができたのです。屋根と谷側をコンクリートで固めた覆道は、空中からの攻撃を受け付けない鎧われた道となっていました。

むろんこれが先生の作戦でしょう。

陸王号はヘッドライトを消し、極端に速度を落として前進してゆきます。

谷側は壁でなくコンクリートの列柱でしたが、飛行中のヘリから覆道の内部まで見通せるとは思えません。

半ばを過ぎたあたりで、先生は陸王号を駐めました。角度をつけて駐めたので柱と柱の間から、渓流に向かって車首が覗く姿勢です。

先生がいいました。

「ここで待つ」

「……え？」

「この前だけ谷が広がっている。ヘリはきっとそこへくる」

「ハイ」

先生がなにを目論んでいるのか、小林くんも察することができました。

陸王号のエンジンが切られると、たちまち渓流の岩を嚙む音が耳を打ちはじめます。

「ヘッドライトで奴を照射する……そのときがクロスボウの出番だ」

「ハイ」

「ぼくの肩に台座を載せて撃ちたまえ」

「わかりました」

「頼むよ」

もう一度ハイと答えたかったけれど、喉がカラカラの小林くんは、その一言も口に出せません。

（きた……）

少年が唾を吞み込みます。

いったん遠ざかっていたローターの回転音が、徐々に高まってきたのです。いつまで待っても覆道から姿を見せない陸王号に、『昇竜』は焦れているに違いありません。

このときになって小林くんは、クライスラーを思い出しました。焦れているのは二十面相を逃がしたからかな……。

でもあの怪人が、おめおめと敵に背を見せるとは考えられないんだけど。

このとき渓谷の水音を圧して、急激にローター音が高まりました。高度をとっていた『昇竜』が舞い降りてきたのです。

もう水音は聞こえません。空気を掻き混ぜるブレードの音、その狂騒的な高まり。対面する谷のむこう側は、切り立った崖にびっしりと繁る大小の木々のはずでした。一面の闇とはいえ、目を凝らせばおなじ闇でも空と対岸では濃淡の差があります。

黒暗々《こくあんあん》の崖に刻まれた無数の襞が、いっせいに揺らぎはじめました。

猛烈な風圧にざわめく大枝小枝の有様は、闇の舞台で無数の鏡獅子が踊り暴れるかのような、凄《すさ》まじいものです。

狙撃されることを用心した『昇竜』は一切の明かりを消し慎重に、そろそろと、探りをいれながら降りてくる気配でした。

いわれた通り先生の右肩にクロスボウの台座を載せ、小林くんが息を整えます。ヘリの主脚にあたる橇《そり》が、真上から視界に入りました。風防の複座にふたつの影が見えます。銃座についた溝沼らしい影は、双眼鏡でこちらを注視しています。

『昇竜』がほとんど陸王号と水平の位置まで降下しました。

(今だ!)

心中で少年が絶叫したとき、先生の手が動きました。

カッとヘッドライトが最大光量を浴びせます。

至近距離から光を食らった溝沼はなにか叫んで、双眼鏡を取り落としました。

とたんにライトが消えました。

わずかに前進した陸王号から『昇竜』めがけて、再び前照灯が輝きます。操縦席のサージェントが、顔を歪《ゆが》めています。

光と闇を連打された武装ヘリは、今にも横転しそうでした。

身をよじる機体の一カ所でも対岸の木々に接触すれば、『昇竜』はひとたまりもありません。

「撃て!」

明智探偵が絶叫しました。

待ちに待った唯一無二のチャンスです。風防に狙いを定めて間髪をいれず、少年の指が動きました。

——命中!

小林くんも明智先生もそう信じました。

光に顔をそむけた操縦で、明らかに『昇竜』は行動の自由を失っています……クロスボウの痛撃を避けるゆとりがあろうはずもありません。

だが、なんということでしょう。渓流から吹き上げた風が、ホンの少しだけ『昇竜』の機体を真上に持ち上げたのが、おなじ一瞬であったのです。

「畜生!」

小林くんらしくない汚い言葉が口を衝いて出ました。

矢は風防を外れ機体に弾かれてしまったのです。

斜めに傾き崖の大木に接触するかと見えた『昇竜』は、ザザザザッと葉を鳴らす音だけ残して、視界から消失してゆきました。コンクリートの屋根に遮られて、見上げることもできず、思わず小林くんは歯嚙みしました。

川中島《かわなかじま》合戦で宿敵信玄を討ち漏らした謙信《けんしん》の無念を「流星光底長蛇《りゅうせいこうていちょうだ》を逸《いっ》す」と詠《よ》んだ頼山陽《らいさんよう》の詩が頭の隅をよぎりましたが、時すでに遅し。

「次はこっちがやられる番だ」

口惜しさを堪えて、先生がいいました。

「三十六計逃げるにしかずだ……飛ばすぞ！」

「はいっ」

わずかな時間を利用して、次なる『昇竜』の攻撃をかわす場所を探さねば。

それにはこの覆道を逆走するのがいちばんです。道幅が狭く方向転換もままなりませんが、いったん覆道を出ればUターンが可能です。

先生が陸王号を全速前進させたのは、むろんその考えだったのでしょう。

闇のつづくカーブをライトを消して爆走するのは、探偵にとっても冒険のはずでしたが、ちゃんと走りきりました。

覆道を飛び出す、同時に半円を描いて百八十度向きを変える！　小林くんとしては木下《きのした》サーカスの曲乗りみたいな気分でしたが、クソッ、それでも間に合わなかった！

ヘリは想像を絶する速力で頭上から襲ってきたのです。

「わあっ」

気がつくと少年は、陸王号から投げ出されていました。

「逃げろ！」

先生が叫んだその後はもう無我夢中、だから直後の記憶もバラバラで、つなぐ前の映画フィルムみたいな有り様です。

我に返ったときは、覆道の入り口で横転した陸王号が真紅の炎を噴き上げており、明智先生は背後に小林くんをかばって、崖際の窪みに立っていました。

「大丈夫かい」

そんな状況でも先生はもう落ち着きを取り戻しており、泣きたいほど頼もしくその声を聞いた小林少年だったのです。

谷底から吹き上げる風が陸王号の火の粉を散らして、小林くんは顔の火照《ほて》りで我に返りました。

(敵は今どこにいる?)

炎に邪魔されて機影を視認できません。

「あいつがまた降りてくる……」

「その前に、覆道へ潜り込め!」

先生が指示を飛ばしました。

「ハイ!」

その声が聞こえたかのように、またしても轟音が肉薄してきます。

一瞬のためらいが命取りになる状況です。

覆道まで目算で五十メートル！　ふたりはものもいわずに走り出しました。

その頭を押さえつけるローター音、そこに機銃音が重なります。拳銃弾ではありません、射程と貫徹力が圧倒的なライフル弾をバラまく本格的なマシンガンでしたから、行く手の路面には無数の火花が散って、たった五十メートルが無限大の遠さだったのです。

「アチッ」

左足に火花を浴びた小林くんがよろめきました。

その右腕をガッシと摑んだ明智先生、

「止まるな！」

叫ぶ頭上から死のローター音が吹き下りてきて、覆道の入り口に幕を張るかのような機銃弾の嵐、カンカンとけたたましい跳弾の音に遮られて、明智先生は小林くんを抱いてその場に突っ伏す他ありません。

もうひと息だったのに！

ふたりが伏せた位置が撃ちにくかったらしく、ヘリは再度上昇の動きを見せました。

回転するブレードの角度を変えたようです。ふつうの航空機は固定翼ですがヘリコプターは違います。機体とブレードの接合部分が可動なため、ローターを傾斜させることができます。その角度によって推力を操作、上昇前進下降が自由にできる仕組みでした。

機体を目視しなくても回転音の変化で『昇竜』の回り込みを察したものの、さすがの明智先生も手の施しようがないと思われました。

だがそのときです、一発の銃声が局面を転換させたのは。

二十面相はどう戦う

大きく揺らいだのはヘリコプターでした。

陸王号の破壊を見極めて、これ見よがしに、まるで渓谷に蓋をするみたいに下降していたヘリのローターヘッドに火花が散りました。狼狽した『昇竜』がまた覆道から距離をおきます。

その隙に覆道へ駆け込んだ明智先生と小林くんでした。ここまで逃げ込めば、もうマシンガンの標的にはならないでしょう。だが、それにしても——。

(誰が撃ったんだ?)

崖裾にへばりつくような道に、クライスラーが出現していました。二十面相と河合の乗る黒い警視庁の車ですが、助手席のフロントガラスが割られ、そこからライフルの銃口が覗いていました。ハンドルは河合ですから、狙撃したのは二十面相でしょう。

いったん危機を逃れたサージェントの『昇竜』が上昇してゆきます。

「チャンスを逃したか」

明智先生も残念そうな口調を隠せません。

せっかく武器を準備していた二十面相ですが、フロントから突き出した銃口では射角が制限され、標的が車の正面にこない限り命中は不可能です。

それがわかっているのでしょう、嘲笑するように舞い上がった敵は、車の真上へ真上へと位置を変えてゆきました。

……が、機銃掃射の寸前で『昇竜』は不意に機体を前傾させ、尾部のもうひとつのローターを回転させはじめます。

霞《かす》みはじめた夜に替わって蒼《あお》く広がる空を、武装ヘリは一気に翔《か》けました。

どこへ行くんだ？

覆道の柱の蔭から目を凝らすと、わかりました。『昇竜』の標的は警官隊です。

崖を回り込んできた二台のトラックを見て、小林くんはそうか、と思いました。まだ弓削総監の正体を知らない警官隊を、二十面相が援軍として呼んだのでしょう。

だが機動力に勝る武装ヘリが先手をうちました。機銃掃射を浴びせると、たちまち警官隊はパニックです。

敗戦直後の警官隊の武装はレベルが低く、対空装備なぞ皆無でした。一台目のトラックが横転、二台目が崖に突っ込む惨状となったのも無理はありません。

戦果を見定めた『昇竜』はただちにとって返しました。

すでにウィン軍曹は二十面相の銃をボルトアクションの連発式ライフルと見極めたはずです。有効射程五百メートル級の破壊力十分な火器とあって、一発で仕留められる可能性を想定した奴らは、頭上なら安全圏と決め込んだ様子です。

『昇竜』は悠々とクライスラーの真上に陣取りました。

「まずい」

明智先生が呻きます。

「空から追い詰めるつもりだ」

もっとも射撃手は溝沼です。多少の訓練は経ているにせよ、戦場経験豊富なウィンとは比べ物になりません。それに——これは小林くんの想像ですが、一撃必殺の力を秘めた狙撃銃に比べて、ヘリ搭載のマシンガンではおなじライフルの弾丸を使っても射程距離は短いでしょう。

ならば質より量の攻撃とばかり、弾丸の雨で二十面相を狙撃銃ごと車内に封じこめる作戦に出たと思われました。

頭上から弾雨を降らせて肉薄する『昇竜』を間近にしながら、二十面相たちになす術《すべ》はなかったのです。

総監の専用車だけに、なみのアメ車（日本人はみんなそう呼んでいます）より頑丈にできているでしょうが、それも相手の攻撃力によります。

下降する武装ヘリは、サージェントの練達の操縦で、ライフルの死角を衝きながらジリジリ接近してくるのでした。

（ダメだ！）

小林くんは頭を掻きむしりたくなりました。

機銃に射すくめられ前進後退を繰り返していたクライスラーが、ちょうど覆道の入り口に車首をむけたところです。

東——川下の方向になります——の空にまだ日はのぼっていませんが、刻々と黎明《れいめい》の光に彩《いろど》られはじめました。

夕闇を〝誰そ彼〟（たそがれ）と呼ぶように、暁《あかつき》を〝彼は誰〟（かわたれ）と呼ぶのが日本語の優雅な形容です。〝かわたれ〟の微光に包まれたクライスラーを見つめて、明智先生が「おお」と声を漏らしました。

「なにをやるつもりだ、二十面相！」

いくら怪盗でも、この土壇場でなにができるというのでしょう。

見当もつきませんが、身を乗り出した少年が見たものは、ぐいぐいとバックを開始した二十面相の車です。

エッ、それもハンドルを大きく切って——？

うわあ、落ちる！

暁闇《ぎょうあん》の中で漆黒を保ったクライスラーが、ついに後輪を路肩から落としました。

ガクンという音が聞こえそうなほど、急激に車首を持ち上げて、そのままズルズルと急斜面を滑り落ちてゆくではありませんか。

運転ミス？

イイエ、そうではありませんでした。

滑落するクライスラーの銃口が、今頭上のヘリに正対しました！

通常の走行ではあり得ないほとんど垂直の狙撃。それがあり得た〝一瞬〟を、二十面相は確実にキャッチしたのです。

反撃不能と相手を見切り不用意に近づいていた『昇竜』めがけ、矢継ぎ早な火線が放たれました。

連続した四発のうち、一発はヘリの要のローターヘッドに命中、もう一発は風防を砕いて、恐怖に歪むサージェントの顔を、小林くんは目撃したのです。

ローターが停止したヘリは、重力にあらがう術を失いました。石ころのように渓流へ落ちた――といっても、対岸から張り出した木々の枝がクッションとなって、スローモーションの映画を見るようにズリ落ちて、やがて飛沫をあげました。機体から半身を乗り出してもがくふたつの人影。

(あいつら生きてる!)

怪盗はタブーを犯しませんでした。

だが当の二十面相は?

ヘリよりずっと下流に車が落ちたのは確かでも、あいにくそのあたりは木と岩が折り重なっています。路肩まで飛び出した小林くんにも、車らしい影をとらえることができません。

人工の音が消え去った一帯では、水と水が激しくぶつかりあう音が聞こえます。薄墨色にけぶる泡が望めるのは、対岸を駆け下ったもうひとつの川が、多摩川の源流と合しているからでした。

両岸から張り出した岩また岩が箱庭の山脈みたいに視野を妨げ、よほど深いのでしょう、落ちたクライスラーはまるで川に溶け込んだようでなんの気配も窺えません。

動けないトラックを捨てた警官隊は、一部が『昇竜』の収容とウィンや溝沼の救助をはじめ、残りのお巡りさんたちは、二本の川の合流地点を目指し、覚束《おぼつか》ない足どりで下りてゆこうとしています。

「危ない！」と絶叫が聞こえました——先頭に立っていた警官たちが、頭を抱えてその場で体を丸めたとたん、合流地点の川下に水柱が立ったのです。と思うと猛烈な爆発音がつづき、暗い川底から真紅の炎が噴出して、水柱はたちまち火柱に変貌しています。

噴きちぎられた枝や岩のかけら、無数の木の葉が、路肩の小林くんの足元まで飛んできました。

しばらくは煮えくり返る多摩川の源流を、声もなく見下ろしている少年のそばに、明智先生が立っています。

二十面相はライフルばかりか、爆薬まで積んでいたのです。

この有り様では車のふたりは骨も残るまい。そうとしか考えられない凄まじい光景を見つめながら、小林くんはそっと先生に問いかけました。

「二十面相は死んだんでしょうか」

「……」

探偵はなにも答えません。

もうもうたる爆煙と水煙に覆われていた少年の視界が、やがて大きく開けていったころ

——東の空に太陽がうらうらとのぼって、未来の小河内ダムの堰堤《えんてい》に虹を架けました。

その後の出来事をいくつか

それからの時間の経過は驚くほどの速さでしたが、読者のみなさんにいくつかお伝えしたい出来事があります。

リーダーであった剛太郎亡きあと、後継者の四谷春江まで収監された四谷コンツェルンは、当分の間大混乱がつづきました。やがて進駐軍の指示に従い解体の結論が出た時分には、すっかり戦前の勢いをなくしていました。結果として弓削警視総監（偽）の思惑通りになったわけですが、蔭の主役を演じた二十面相は、運転役の河合もろとも、痕跡ひとつ残さず消え失せたのです。遺留品もなく、それこそ骨すら残すことなしに。

〝おじさん〟と〝兄貴〟を一度に亡くしたミツルは、ワンワンと誰憚ることなく泣き叫び、慰める小林くんや中村警部を、思いっきり手こずらせました。

短い間でも怪盗の配下だった少女を野放しにはできませんが、戦災孤児の大群相手に手

一杯の東京都は、とりあえずの処置としてミツルを一定の資格を持つ関係者に預け、保護観察の期間を設けました。

少年院に勤務して実績のある者なら良いとして、早速にも申し出たのが中村警部夫人でした。

奥さんに頭があがらない警部だと、噂を聞いていた小林くんはびっくりしました。警察官としての中村さん以上に、夫人は少年補導の長いキャリアの持主だったのです。でも実際に会ってみると、とても気さくなおばさんで、ミツルも小林くんもホッとしました。

「その代わり躾《しつけ》は厳しいんだよ」

ひと月たって、ミツルに耳打ちされたことがあります。

「私の躾も、旦那さんの躾もね」

民主主義の国になった日本です。男女同権の模範みたいと聞かされて、あの謹厳実直な中村さんがと、微笑ましく思う小林くんでした。

ミツル本人は躾の厳しさなんか平気だそうです。

「死んだおっ母なんて、あたいを小道具の竹光でひっぱたいたもんね。それに比べれば中村のおばさんは、民主的な躾だもん」

すっかり落ち着いたミツルの様子を聞いて、明智先生もホッとしていました。

しかしそれもいっときのこと。

彼女については、さらに大きな波乱が待っていました。

秋も深まったある日、大手の新聞社から中村家に電話がかかって、ミツルの父親が娘を呼び戻すべく手を尽くしていると、わかったのです。

ニュースは大きく報道されたので、明くる日小林くんが学校へ行くと、みんな集まってワイワイと騒ぎたてます。

「写真、見たよ！」

自分のことみたいに、白石くんが声をはずませました。

「写真？」

「団長と女の子の写真だよ！」

「あ……ああ、アメリカの雑誌に出ていたらしいね」

実をいえば小林くんも詳しくは知りません。銀座でミツルとならんで撮ってくれた人が有名な報道写真家で、雑誌『ＬＩＦＥ』のグラビアに掲載されたそうです。そのページに気づいたのが欧州戦線から帰還直後だったミツルのパパで、狂喜した彼はカメラマンの協力で東京の娘を捜し当てることができました。

戦災で母を亡くし、父の居所も不明だった少女には、降って湧いたような吉報です。

白石くんがつけくわえました。

「オレの親父《おやじ》は、進駐軍の通訳なんだ。内幸町《うちさいわいちょう》にあるCIEのオフィスで読んだぜ、『LIFE』を！」

「へえ……そうなのか」

「モンペ姿のトテシャンだって感心してたぞ。いいなあ、小林くん！」

シャンはドイツ語で美人、トテはすこぶるの意味ですから、「超美人」ということになりますね。戦争になるまで一高（もちろん旧制高校です。東大をめざす頭脳優秀な学生が集まっていました）の若者たちが、競って使った流行語でした。

級友たちに煽られて赤い顔になった小林くんが家に帰ると、今度は羽柴くんからの電話です。

「新聞で読んだよ！　銀座の靴屋で、赤い靴を覗き込んでいたね。とても仲がよさそうだった」

そういわれた小林くんは、また顔を赤らめました。

明智先生が帰ってきて、「熱があるの？」と聞かれたらどうしよう！

こんな気持は生まれてはじめてです。戦前の日本では、男の子と女の子が気軽に口をきくなんて、とても不道徳なことだと教えられていましたから、小林くんだってそう思い込んでいたのです。

フランス語でベーゼ、英語でキスと言葉くらいは知っていますが、本物の接吻《せっぷん》を見たことなんて一度もありません。外国映画でも男女が顔を近づけるとすぐパッと離れます。本当はその間に唇を合わせる場面があるのですが、日本では「淫《みだ》らな振る舞いは公序良俗に反する」といって、内務省の役人がフィルムをカットしていました。

中学生になっても、男は女を、女は男を、なんにも知らず知らされず、それが良い子なのだと教育されていました。だから小林くんは、赤い顔で鼓動が激しい自分を、病気になったと本気で心配したくらいです。

もちろん令和の読者のみなさんに、解説はいりませんね。

残念なことに小林くんが病気の正体に気がついたころ、もうミツルとのお別れのときが迫っていました。

横浜の波止場から

昔から秋の日は釣瓶《つるべ》落としといわれています。

小林くんが恋の病を知らなかったように、読者のみなさんも釣瓶落としがピンとこないかも知れません。井戸の水を汲《く》もうと真一文字に投げ落とされる釣瓶。おなじような勢いで、グイグイと沈んでゆくのが、秋の西日なのだそうです。

そんなことをボンヤリ考えていると、中村さんが注意してくれました。

「ほら、ミツルくんが出てきたよ」

「あ、ハイ!」

あわてて塀のワイヤーに指をかけました。鋼鉄の針金を菱形《ひしがた》に粗《あら》く編んだ塀は、鶯色というか苔色《こけいろ》というか、米軍のミリタリーカラーに塗られていました。

東京ではそれほど目立たない濃緑色系が、横浜では我が物顔に氾濫しています。目抜き通りの伊勢佐木町《いせざきちょう》の近くまで網塀が延びていることに、小林くんは驚きました。海運の一大拠点ヨコハマは、戦争終結と同時に、広大な土地を進駐軍に占領されていたのです。櫛の歯のように並ぶ埠頭《ふとう》も日本人は全面的に立入禁止で、旅立つミツルをひと目見送ろうとするにも苦心しました。

幸い少女が乗る船の埠頭はいちばん端だったので、焼けただれた倉庫群を背に岸壁に立てば、肉眼で埠頭の人影をとらえることができます。

明智先生が工面した旧型のフォードで駆けつけた小林くんは、先生や警部さんと三人で、長い時間塀越しに見守りつづけました。

出港は十五時の予定でしたが、もう十六時を回っています。釣瓶落としの日に小林くんがそろそろ焦りはじめたころ。

右手の建物から人影がふたつ吐きだされました。三階建てで無愛想なほど四角いだけの建物が外航船のオフィスです。戦時中に塗られた迷彩模様がまだらに残っているのが、装飾といえば装飾でした。

今日アメリカに向けて出航するのはパナマ船籍で、米軍から特別に許可を得た2000トン級の貨客船ですが、船客はふたりだけ、あとはすべて民生品の貨物ということでした。そのふたりがつまり柚木ミツルと、あのカメラマンだったのです。

よそゆきに着替えたミツルは、華やかながら子供っぽい感じのドレス姿でした。外国人から見ると、日本人は五歳か十歳若く見えるそうですから、カメラマンもミツルを実年齢より幼く見立てたのかも知れません。

(その代わり)

と少年は思いました。

(履いている赤い靴にピッタリだ)

そうなのです。いつか銀座でミツルが魅入られた赤い靴。彼女はその靴を履いていました。

　残念ながら小林くんのプレゼントではありません。中学生のお小遣いで買えるような品物ではないのです。するとミツルは、誰に赤い靴を贈られたのでしょう。

　靴は十日前の朝、中村家の軒先に、銀座の靴店の紙袋にはいって吊るされていました。手紙もなく署名もなかったと、その日のうちに明智先生に報告にきたときの警部の様子を、小林くんはよく覚えています。

　先生は中村さんに尋ねていました。

「靴のサイズはどうだったたい」

「ミツルに履かせてみると、ピッタリでしたよ」

「そうか……靴のことを、あの子になんと話したの？」

「新聞で知った篤志家の贈り物だと伝えました」

　意味ありげに中村さんが答えると、微笑した先生は小林くんに尋ねました。

「きみは彼女の足の寸法を知っていた？」

　少年が頭を掻きました。

「地下道で話したことはあります。私って案外足が小さいよ。バカの大足っていうから、私バカじゃないんだ。ミツルの奴、そんなことをいって笑ったけど、でも……足がなん文《もん》かまではいわなかったな」

「いっしょに暮らさなくては、そうそう足のサイズなんか知らんでしょうよ。さすがにうちの女房は知っていたが、それ以前にミツルと……」

そこで口を閉ざした中村さんの表情に、複雑な影が落ちていました。ずっと面倒を見た夫人なら知っていても、それ以前に少女と生活を共にしたであろう人物とは、いったい誰のことなのでしょう？

「……いずれまた」

と、探偵は独り言のように呟きます。

「三年もたてば新規まき直しだ……敵同士としてあいつと戦う日がくるだろうね」

——それはどういう意味であったものか。

そこまで思い出していた少年は、

「小林くん！」

警部に注意を喚起され、ハッと我に返りました。

水路を隔てた遠い位置からなのに、ミツルがこちらを見つめているではありませんか。塀の金網が邪魔でぎりぎりまで顔を押しつけた少年の視線が、網の目をくぐり抜けてミツルをとらえました。

そんな小さな動きでもわかったのでしょう、ミツルの手が自分の胸元を二度三度と撫でています。

少女が示したかったのは、チョーカーから根付のように下げた小さなアクセサリでしたから、小林くんの胸がドクンと大きく鳴りました。

(赤い靴だ)

本物の靴は買えなかったけれど、可愛い赤い靴のミニチュアなら、お小遣いをはたいて買うことができたのです。

小林くんも、自分の左手首をかざしました。揺れているのは今朝までミツルのチョーカーが下げていた薄紅色の貝殻でした。カメラマンに迎えられた少女がヨコハマの波止場に向かうと聞き、中村家へ飛んでいった小林くんは、赤い靴のプレゼントと取り替えっこしたのです。

手をふると貝殻の中でチリチリと囁くように鈴が鳴ります。すぐそばの先生や警部の耳に届かないほど小さな鈴の音ですが、ミツルならきっと聞き取ってくれるでしょう。

埠頭に両足を踏ん張った少女が、なにか大声で叫んでいます。

顔を真っ赤にして、二度も三度も。

その言葉を理解したとたん、小林くんの顔まで赤く染まりました。

ミツルはこう叫んでいたのです。地下道の冒険の最中に、小林くんから聞かされていたおまじないみたいなあの言葉。少年の名まで添えて——、

「少年探偵団、バンザーイ！　小林芳雄、バンザーイ！」

かすかな声でも岸壁まで、それは確かに届きました。明智先生も中村警部も笑おうとしません。

先生は黙って少年の肩に手を乗せました。

「いつか、また。きっと会えるさ」

「ハイ！」

顔の赤さを隠そうとせず、小林くんは力一杯に答えました。

海鳥がふたりの間を見えない糸でつなぐように、ゆったりと飛びつづけています。

　赤い靴　はいてた　女の子
　異人さんに　つれられて　いっちゃった

——その一羽がツイと翼を翻して、迷彩にくすんだオフィスビルの上を横切ると、屋上にひっそりと立つ人影が見えました。

誰でしょう。

およそこの場に似合わない、シルクハットと黒いコートの姿です。潮風にコートの裾を揺さぶられても動きません。静かな視線を眼下の埠頭に送るばかりでした。

横浜の　はとばから　船に乗って
異人さんに　つれられて　いっちゃった

………。

いつの間にミツルたちは、船に乗ったのでしょう。

埠頭はもう無人です。

空は雀色《すずめいろ》に沈んで、音もなく灯がともりはじめます。

出港の合図か、腹の底までしみ込む野太い汽笛の響きが、波止場の空に尾を曳《ひ》きます。

余韻が遠く夕闇に溶け込んだあとは、少女を乗せた船も、網に額を押しつけていた少年も、屋上にたたずんでいた怪人も、なにもかも――まぼろしのように消え失せておりました。


(二十面相　暁に死す　終)

解説

新保《しんぽ》 博久《ひろひさ》
（ミステリー評論家）

ああ、四十面相はついに、この爆発によって、いのちをうしなってしまったのでしょうか。それとも、もしや、それとも……？

――江戸川乱歩『宇宙怪人』（一九五三年）

「〜暁に死す」という題名の発祥は、一九三六年のパラマウント映画『将軍暁に死す』The General Died at Dawnだろう。邦題がカッコ良く響くのか、主に映像作品において、主語をいろいろ替えたあやかり題名が続出した。二十世紀初頭、清朝《しんちょう》が滅んで中華民国が成立したころ、ゲイリー・クーパー演ずるアメリカ人青年が義《ぎ》侠心《きょうしん》から独裁的な将軍を倒そうとする映画自体、しかし評判は芳しくない。本書『二十面相 暁に死す』は題名こそ先行作品にちなんでいるものの、打って変わった快作である。いや、作中人物や設定のモトになった江戸川乱歩《えどがわらんぽ》の〈少年探偵団シリーズ〉と比べても、一面ではオリジナルより優《まさ》っているのではないか。

戦前、『鞍馬天狗《くらまてんぐ》』の大佛次郎《おさらぎじろう》や吉川英治《よしかわえいじ》ら、おとな物の人気作家に少年小説（純文学に比定しての児童文学に対して、大衆小説に相当するのが少年小説である）を書かせて成果をあげてきた「少年倶楽部」が、当時まだ決定的なヒット作をもたなかった探偵小説のジャンルを開拓すべく、江戸川乱歩に依頼して誕生したのが〈少年探偵団シリーズ〉にほかならない。第一作『怪人二十面相』（奇しくも『将軍暁に死す』が公開された一九三六年連載。光文社文庫版江戸川乱歩全集では第10巻『大暗室』所収。以下、全集の収録巻は略）は圧倒的な人気を博し、翌年からも年一作ペースで『少年探偵団』『妖怪博士』と書き継がれてゆく。

『二十面相　暁に死す』の著者・辻真先《つじまさき》は、それまで「幼年倶楽部」に親しんでいたのが背伸びして「少年倶楽部」に手を出した最初が、『少年探偵団』の連載が始まったばかりの一九三七年二月号だったという。前年に『怪人二十面相』が連載されているのを「不覚にもぼくは気づかなかった。だから物語の設定をよく知らなかったのだが、アアなんと不気味で面白い小説だろうと、いっぺんにのめり込んでしまった」（「小説宝石」二〇一九年五月号著者新刊エッセイ「乱歩先生、怒らないで」)。不覚どころか、五歳未満だから大変な早熟で、ほとんどリアルタイムの読者である。近くの書店を頼りに前月、前年分をたちまち読破して追いついてしまったらしい。

二〇二一年三月、光文社より書下ろし刊行されたこの『二十面相 暁に死す』にも、二年前の前作『焼跡の二十面相』(いま引用した新刊エッセイはそのときのものだ)があるわけだが、「不覚にも」そちらを読み落としている読者でも、前作のネタ割りなどないので、本書を先に読んでも差し支えない。アアなんとワクワクドキドキ面白い小説だろうと、改めて前作に遡《さかのぼ》りたくなるにちがいない。むしろ前作以上に筆が慣れて、本書での小林少年の活躍はより精彩を放っているほどだ。戦後日本の民主主義教育ぐらいでは払拭しきれなかった皇国教育の呪縛は、乱歩に限らず戦前からの作家の誰もが逃れられなかったところながら、小林少年が戦中の軍部や戦後占領に来たアメリカ進駐軍に向ける不審のまなざしは、前作からすでに見られたものだが、これまた乱歩が書こうとしなかった思春期少年のロマンスまで盛り込まれ、単なる健康優良児の域を出られなかったオリジナル以上に、現代読者が感情移入できるだろう。

ことによったら、オリジナルの〈少年探偵団シリーズ〉さえ、ろくに読んでいない読者が今や多いかもしれない。乱歩は、「(大正末期) 私が探偵小説を書き出してからでは、森《もり》下雨村《したうそん》、小酒井不木《こさかいふぼく》両氏が、少年探偵小説をよく書いた。……が、両氏とも私の『二十面相』のような思い切った非現実を書かなかったので、その大人らしさが、私のものほど子供心を捉えなかったようである」（『探偵小説四十年』）と戦後になって回想しているが、さらに非現実的設定を用いた同時代作家の作品にも事欠かなくなった現在、誰もが〈少年探偵団シリーズ〉を読んでいるとは限らなくなっている。むしろ、透明怪人や宇宙怪人を現出させるトリックのちゃちさゆえ、非常に古めかしく感じることもあるのではないか。昭和二十年代、敗戦後の東京のセピア色をした背景に冒険活劇が展開される二部作『焼跡の二十面相』『二十面相　暁に死す』のノスタルジックな趣のほうが、現代読者の眼には違和感なく映りそうにも思われる。

『怪人二十面相』『少年探偵団』『妖怪博士』といったシリーズ初期作品が熱烈に歓迎されていたのはまた、日中戦争（一九三七年勃発）、太平洋戦争（一九四一年勃発）と日本が軍国主義を強めてゆく時期でもあった。非国策的小説の筆頭である探偵小説の執筆も掣肘《せいちゆう》を受け、第四作『大金塊』では二十面相が消え、五作目の児童物『新宝島』では明智《あけち》小五郎《こごろう》と小林少年も消え、続く短編連作『智恵の一太郎《いちたろう》』（一九四二年、小松龍之介《こまつりゆうのすけ》名義）では江戸川乱歩という筆名までもが消えてしまった。復活は戦争も終わって四年目、〈少年探偵団シリーズ〉としては第五作『青銅の魔人』（一九四九年）で遂げられる。

「あの時（『妖怪博士』事件の終結後）君はすぐ刑務所に入れられたが、一年もしないうちに、刑務所を脱走して、どこかへ姿をくらましてしまった。さすがに戦争中は悪事をはたらかなかったようだが、戦争がすむと、またしても昔のくせを出したね」

と、明智小五郎は告発するが、十年間の空白は強引に縮められた格好だ。オリジナルに描かれることのなかった敗戦直後の二十面相と小林少年の対決を、本家に代わって仮構したのが『焼跡の二十面相』『二十面相　暁に死す』の二部作にほかならない（明智小五郎は、特に『焼跡の二十面相』では軍事探偵として海外に行ったきりで、ほとんど不在だ）。

明智が戦後初めて二十面相に『青銅の魔人』で再会するといった原典とは無理に辻褄合わせされておらず、原典では第九作まで明智に寄り添っていた文代《ふみよ》夫人も、こちらでは戦中すでに療養に追いやられていたりするとはいえ、自身の筆でシャーロック・ホームズ物を書きたいというコナン・ドイルの後続作家たちの故智に学んだものだろう。それらのパスティーシュのいくつかは、ホームズが強敵モリアーティ教授と死闘の末おそらくは相討ちで死んだとされて十年後（作中の設定では三年後）、生きて還ってくるまでの空白の三年間、どこでどう過ごしていたかを主題にしたものだ。

その一つ、ホームズが変名で日本に来ていたのだとする長編『ホック氏の異郷の冒険』（一九八三年。論創ミステリ叢書『加納一朗《かのういちろう》探偵小説選』所収）で日本推理作家協会賞を受賞した加納一朗は、辻真先とはＳＦアニメの脚本家、ジュニア・ミステリーの書き手としても朋友であった。辻氏の最初期からの探偵コンビの片割れ可能《かのう》キリコは、キリコをシュルレアリスム絵画の先駆者デ・キリコの名前に合わせてChiricoと綴《つづ》れば、ほぼIchiroのアナグラムになる（ｃが一つ余るが）のは偶然でないような気がする。

昔の月刊漫画誌は連載小説にも力を入れていたが、やがて週刊のほうがデフォルト化してきた一九七〇年ごろ、その加納氏によれば、「次第に少年少女雑誌から小説が減り劇画が隆盛になってきた。活字ばなれが叫ばれるようになった。私事で恐縮だが、こうした時代だからこそ活字にも劇画に劣らぬ面白さがあるはずなので、そうした小説が出せないものかと私は思った。自身、初期のテレビアニメに関わっていて、アニメが将来大きく発展するであろうことは予測していたが、小説も並存できないかと考えたのは、私の世代は少年時代に多くの小説に興奮し感激した記憶があったからである。この話をたまたま朝日ソノラマの当時の編集長坂本《さかもと》さんにしたところ、即座にやりましょうと言ってくれた……結果誕生したのがサン・ヤングシリーズという、箱入りの単行本であった」（都筑道夫《つづきみちお》少年小説コレクション第3巻『蜃気楼博士』巻末エッセイ「都筑さんとジュニア・ミステリー」、二〇〇五年、本の雑誌社）という。

辻氏が脚本業のかたわら小説に足を踏み入れたのもこのシリーズからで、辻ミステリーの原点といわれる『仮題・中学殺人事件』（一九七二年）もここから出版された。それより先に漫画を原作としたノヴェライズも手がけており、といっても『小説佐武《さぶ》と市《いち》捕物控』（一九六九年）は石ノ森《いしのもり》（当時は石森）章太郎《しょうたろう》のキャラクターは用いていてもストーリーやトリックは辻氏のオリジナルだが、氏自身は『仮題・中学殺人事件』創元推理文庫の新装版の自作解説（桂真佐喜《かつらまさき》名義）において、

「長編に自信のなかった辻はこれまた短編連作の形で発表しております。そうした試行錯誤の末、本作（『仮題・中学殺人事件』）にたどり着いたわけですが、短編の積み重ねという苦し紛れの構成はおなじでした」

と謙遜《けんそん》している。しかし長編向きか短編向きか（あるいは両刀遣いか）という違いは作家の資質によるだけで、優劣とは関係ない。実際、江戸川乱歩にしてから長編の構成力には欠け、しばしば海外ミステリーなどの翻案で凌《しの》いだし、代表作『孤島の鬼』は探偵小説・怪奇小説・冒険小説と色変わり飴玉よろしく変化しながら緊迫感が途切れない秀逸な長編だが、本質的には短編の積み重ねである。そういう自身の特質を心得ていたのか、初めて少年物を手がけた『怪人二十面相』にしても、羽柴《はしば》家のロマノフ王家旧蔵のダイヤモンドの予告窃盗（羽柴＝秀吉《ひでよし》の危急を明智＝光秀《みつひで》の手の者が救うという筋立ては、乱歩個人の史観を物語っているようで興味深い）、伊豆の日下部《くさかべ》城の美術品強奪、国宝が陳列さ

れた帝室博物館襲撃の、三つのエピソードから成る三部構成といえよう。続く少年物も、原則的にこのパターンを逃れない。

『焼跡の二十面相』も『二十面相　暁に死す』も、やはり三部構成に則《のっと》っているのが見て取れるだろう。これは原典に敬意を表したばかりでなく、もともとの作家的資質に共通点があり、それゆえ他の作家以上に乱歩に親近感を抱いたのかもしれない。辻真先の三部志向は個々の構成だけでなく、最初期の『仮題・中学殺人事件』、『盗作・高校殺人事件』（一九七六年）、『改訂・受験殺人事件』（一九七七年）から、最近のミステリー界の話題を席巻した『深夜の博覧会　昭和12年の探偵小説』（二〇一八年）、『たかが殺人じゃないか　昭和24年の推理小説』（二〇二〇年）、『馬鹿みたいな話！　昭和36年のミステリ』（二〇二二年）まで、三部作がいくつも見出される点からも裏づけられる。〈新・二十面相シリーズ〉が今のところ二部作しか書かれていないのが、奇異に見えるほどなのだ。それとも、もしや、それとも……？

※この作品はフィクションであり、実在の人物・団体・事件とは一切関係がありません。
※この作品は江戸川乱歩「少年探偵団」シリーズをもとに、著者によって創作されたオリジナル・ストーリーです。

参考・引用文献

三宅俊彦編『復刻版　戦中戦後時刻表』（新人物往来社）

二〇二一年三月　光文社刊

光文社文庫

二《に》十《じゆう》面《めん》相《そう》 暁《あかつき》に死《し》す

著者　辻《つじ》　真《ま》　先《さき》

2023年 9 月20日　初版 1 刷発行

発行者　三　宅　貴　久
印　刷　堀　内　印　刷
製　本　ナショナル製本

発行所　株式会社　光　文　社
〒112-8011　東京都文京区音羽1-16-6
電話 (03)5395-8147　編　集　部
8116　書籍販売部
8125　業　務　部

ISBN978-4-334-10044-5　Printed in Japan

JASRAC　出 2305700-301　　組版　萩原印刷